堅物聖騎士ですが、
前世 惚れされた
魔王にしつこく愛されています

MOON DROPS

序章　魔王の花嫁

「いいから抱かせろ！」

「お断りします！」

広々とした寝室には巨大なベッドがあり、そこで一組の男女が絡まり合おうとして——失敗していた。

いや、正確には男性は懸命に手を出そうとしているのだが、女性がその手を鋭く叩《たた》き落とし、結果的に取っ組み合っている。

男性は、人間から畏怖される魔王だ。

魔王といっても、真紅の目と、毛先が黒くなっている銀髪が多少の違和感を与えるだけで、若く美しい男性の姿をしている。

彼は服を脱ぎ、非の打ち所のない見事な肉体を晒《さら》していた。

厚い胸板に割れた腹筋、広い背中にがっしりとした肩。

誰が見ても完璧で美しいと言うだろう肉体だ。

そんな魔王に組み倒されているのは、蜂蜜《はちみつ》色の金髪をシーツの上に広げた美女だ。

彼女の名はベアトリクス。

神への信仰が特に厚く、聖王と呼ばれる国王が治めるリヒテンバーク聖王国の聖騎士を務めていた。

青い目で魔王を睨《にら》む彼女は、零《こぼ》れた豊かな双丘を片手で隠し、もう片方の手でしつこく襲ってくる魔王の手をなぎ払っている。

聖と魔。対局にいる二人が、現在ベッドの上で全裸になり、交わろうとしているように見えるのだが……。

「俺の妻になるって決めたんだろ？　だったらその胸揉《も》ませてくれたっていいだ……いてぇっ！」

ベアトリクスの大きな乳房に伸ばされた手が、バシィッと凄まじい音を立てて叩き落とされた。

「初体験はもっと大切にすべきだと思うのです！」

ハァハァと息を荒らげたベアトリクスは、羞恥で顔を真っ赤にし涙目だ。

先ほどまでドレスを着ていたのだが、魔王の魔法によって引き裂かれてしまった。

状況が許されるなら、うっとり見惚れそうな美しいドレスだったのに勿体《もったい》ない。

それはさておき、現在は貞操の危機に瀕している。

普段甲冑《かっちゅう》に隠されているベアトリクスの肌は、透き通りそうなほど白い。加えて胸がとても豊満だ。嫌でも〝女〟を意識させるそれを剥き出しにされ、彼女は羞恥の極みにあった。

おまけに魔王は恐ろしい化け物ではなく、見るも麗しい美男だ。

男性の上半身なら、騎士団の男性たちが訓練後に水を被るので見慣れている。

だが寝室で全裸になった男性となれば、話は別だ。

さらに彼の下腹部には男性器がそそり立っていて、ベアトリクスは混乱していた。

（いやあああぁ……っ‼）

本当なら実際に叫んでしまいたい。

だが魔王を恐れていると知られるのは絶対に嫌だ。

そんな彼女の惑乱をよそに、魔王は悲しげに溜《た》め息をつく。

「……じゃあ、何をすればトリスは俺を受け入れてくれるんだ？」

はぁ、と溜め息をつき、彼はベアトリクスの顎の下をちょいちょいとくすぐってくる。

魔王は初対面の時から、馴《な》れ馴《な》れしくもベアトリクスを愛称で呼んでいた。

口調も態度も気安くて、魔王と思えない。人類が怖れる魔王なら、もっと威厳があっていいと思うのだが……。

「あなたが魔王である限り、聖騎士である私が受け入れる事はありません」

ベアトリクスは青い目に強い意志を込め、きっぱりと言い放つ。

ベッドに押し倒された姿で格好がつかないが、ハッキリ言わなければこの男には通じない。

何せこの魔王は異様に打たれ強く、拒絶してもケロリとしているからだ。

「俺が魔王なのは、どうしようもないんだけどなぁ……。こんなにもお前を想い、一途に愛そうとしているのに」

魔王の指がベアトリクスの顔の輪郭を、つぅっと撫《な》でた。

顔を背けようとすれば、親指で唇を弄ばれ、口の中に指を入れられそうになる。

「んっ」

とっさに魔王の指に噛《か》みついたが、悲鳴が聞こえないので彼を見る。

彼は痛みに顔をしかめていた。だが痛みなど比にならない情熱を瞳の奥に宿らせ、ベアトリクスを見下ろしていた。

「なぁ……。好きなんだよ。抱かせてくれ」

懇願され、腰から太腿《ふともも》を撫でおろされる。

その途端、ゾクリと体の奥が疼《うず》いた。それを誤魔化《ごまか》すように、彼女はキッと魔王を睨む。

「す……っ、好きなどっ、あなたの一方的な気持ちでしょう！」

だがあれほど飄々《ひょうひょう》としていた魔王は、打って変わって真剣な表情で肯定した。

「そうだ。すべて俺の一方的な感情だ。俺の都合でトリスをこの城に置き、こうなっている。お前が好きだから抱きたいし、そのあとの事にも責任を持とうと思っている」

〝責任〟の意味を察し、ベアトリクスはカッとなって言い返す。

「あなたの子など身ごもりません！」

その途端、彼はまた軽薄な雰囲気に戻った。

「あっ、嬉《うれ》しいなぁ。子を産む事まで意識してくれたんだ。俺は単に生活の面倒をみると言っていただけなんだが」

「ぐぅ……」

ああ言えばこう言う。あまりに話が通じなくて、ベアトリクスは歯ぎしりをする。

彼はわざと「身ごもる」と言わせたに違いない。

その赤い目はご機嫌に輝き、口元もニヤついている。

「も、もう……っ」

——もう嫌！

口では絶対に勝てないと悟ったベアトリクスは、両手で顔を覆いゴロンと横向きになった。

すべてを拒絶するように、ギュッと体を縮込めると、背中に触れられた。

「…………っ」

ビクッと体を震わせるベアトリクスに、魔王は「しぃ」と黙るよう促す。

「怖くない。すべて俺に委ねれば、快楽を約束しよう」

何度も背中を撫でられるうちに、魔王の掌の温もりに安心感を覚える。

その頃になって、彼の手がスルリと移動し、お尻に至る。

「や……っ」

ベアトリクスは胎児のように体を丸めた。

魔王はそんな彼女に覆い被さり、彼女の耳や首筋に唇を這《は》わせる。

「好きだ。気が遠くなるほどずっと前から、お前だけが好きだったんだ」

(この言葉が、魔王ではなく普通の男性からなら、どれだけ嬉しかったかしら)

あやすように優しくされ、頑なだったはずの彼女は抵抗しきれずにいる。

ぬくもりを感じ、いたわるような手で撫でられるうちに、ベアトリクスの体は彼に応えようとしていた。

じんわりと体温が上がり、呼吸も乱れてくる。

(どうしたらいいの……っ)

目を閉じて誰かに助けを求めた時、魔王の指先が彼女の秘められた部分に触れた。

「あっ……」

ベアトリクスの小さな悲鳴は、闇の奥に吸い込まれていった。

第一章　魔王復活

この世界には神や魔王、妖精や精霊がいる。

知能を持たない下位魔族は、捕食のために人間を襲う。

だから各国の軍は、国同士の争いの前に、民を魔族から守らなければいけなかった。

魔族の対局には、神や天使がいる。

人間であっても強い信仰を持つ聖職者は、祈りの力で魔族を退ける事ができた。

リヒテンバーク聖王国は、大陸中の国を纏《まと》める立場にある。

その頂点に立つ聖王は絶大な権力を持っていた。

聖なる力は聖王家に祝福を与える神により授けられ、婚姻によって子ができるとさらに祝福を受け、のちの世代に継がれていった。

王家の中でも特に強い力を持つのは女性だ。

聖王妃は常に聖都にいて、そこから国を包む結界を張っていた。

国内外に自由に赴く事のできる聖王女は、結界の補助の役割を持つ神殿や祠《ほこら》を訪れて、祈りを捧《ささ》げる事でさらに結界を強化していた。

現在より三百年前、世界は魔王アバドンにより支配され混沌《こんとん》としていた。

下位魔族が徘徊《はいかい》し、空は常に曇天だった。

大雨によって洪水が頻繁に起こり、作物ができず人々は飢え、疫病が流行していた。

雨に支配された世界を救うために立ち上がったのは、四人の勇者だ。

隣国から、竜王子アレクシスが魔王を倒すために蜂起した。

彼は聖王に、魔王を倒したあかつきには、聖王女との婚姻を認めてほしいと求めた。

聖なる力を持つ国として他国から崇められてはいても、リヒテンバーク聖王国は軍事力においては他国に劣っていた。

よって当時の聖王は、竜の血を引く彼の言葉に頷《うなず》いた。

アレクシスに同行したのは、聖王女の侍女であり聖騎士イザベル、僧侶戦士ギュンター、大陸随一の魔術師バジルの三人だ。

勇者と呼ばれた四人は供を連れ、魔王がいる死地へ向かった。

数々の危機を乗り越え、四人は魔王城へ辿《たど》りついた。

そして激しい戦いの末、魔王を討ち取ったとされている。

魔王を封じるには清らかな乙女の血が必要とされ、聖騎士イザベルが尊い犠牲となった。

現在、リヒテンバーク聖王国では、イザベルは列聖されて聖人扱いされている。

＊＊

「……という伝説がありますが、本当に今回の事件も魔王絡みでしょうか？　新聞社は何かあれば『封印された魔王の呪い』とするのが好きですが」

そう言ったのは、青いオーバードレスに白銀の甲冑を纏った、百合の花のように清廉な女騎士だ。

オーバードレスは裾に白いレースが施され、バックスタイルは普通のドレスの丈ほどある。フロントは左右に分かれ、その間から膝丈の白いペチコートと白銀の膝当て、脛《すね》当てが覗《のぞ》いていた。

ポニーテールにした蜂蜜色の金髪は、毛先が綺麗《きれい》にカールされている。

猫のような大きな目はサファイアのように煌めき、それを縁取る金色の睫毛《まつげ》は長く濃い。

そんな彼女を、宮殿の女官やメイドは「お姉様」と呼んでいた。

当然、男性からの支持も高い。

見境のない魅力を発揮している彼女は、聖王女の侍女であり、護衛をこなす聖騎士のベアトリクスだ。年齢は二十四歳である。

彼女の父はジングフォーゲル公爵で、国の軍を預かる元帥だ。

兄二人も聖騎士で、ベアトリクスも迷いなく兄たちのあとに続いて聖騎士となった。

彼女は丸めた新聞を片手に持ち、ポンポンと手持ち無沙汰に掌を打っている。

「そうね、幾らなんでも伝説の魔王と、変態事件はかけ離れているわ」

彼女に返事をするのは、聖王女シャルロッテだ。

豊かに波打った金髪にエメラルドグリーンの目を持ち、真っ白な肌に折れそうに華奢《きゃしゃ》な手足はまるで人形のようだ。

美しいドレスを纏った彼女は、正真正銘の〝お姫様〟だ。

二人が連れ立って歩く姿は、周囲から「尊い」と言われ、直接見た人の中には膝をつき祈る者もいる始末だ。

しかしシャルロッテはとても気さくな聖王女で、ベアトリクスをからかって楽しむお茶目な面も持っていた。

そんな彼女の言葉に、まじめなベアトリクスが正面から反応する。

「ですから変態事件などと、汚らわしい言葉を口にされてはなりません」

ピシャリと言われてもシャルロッテはまったく気にせず、ソファから立ち上がって新聞を覗き込む。

「昨日の変態事件は全裸にマントね？　ふんふん、その姿で意中の女性に告白しようとして、淫語を連発……。まぁ……、これでは女性を射止められないわ」

可愛らしい唇から聖王女らしからぬ単語が出て、ベアトリクスは顔を引き攣《つ》らせる。

「ですから、姫様」

新聞を高い位置に上げると、シャルロッテが「ああん」と声を上げた。

（くっ……）

ベアトリクスは、シャルロッテの可愛らしい仕草や声にめっぽう弱い。

同性が好きとかではなく、彼女はどこをとっても可愛らしいのだ。

不服そうに唇を尖《とが》らせ「トリスったら意地悪ね」と上目遣いに睨む顔は、ぐうの音も出ないほど可愛い。

（心頭滅却！）

ほだされそうになるのを気合いで堪え、ベアトリクスはわざと厳しい声をだす。

「とにかく！　明日から大事なお務めがあるのですから。心を穏やかに、清らかに保ちましょう。はい、これは忘れましょう」

ベアトリクスは新聞を折り畳み、チェストの上にポンと置く。

そして気分を切り替え、少しキリッとした顔つきで告げた。

「明日から一年に四回の巡礼が始まります。夏の巡礼なので暑さに気をつけなければなりません。祈りを捧げる際、高い精神力、集中力が必要になります。しっかり食べてぐっすり寝て、万全を期すのです」

改めて言われ、シャルロッテはわざとらしく溜め息をつく。

「分かっているわ。私、もう二十歳よ？　十歳の時から始めた巡礼だもの、慣れているから大丈夫よ」

ベアトリクスは十七歳の時に、聖王女づきの侍女兼護衛となった。

「七年間お付き合いしている巡礼ですが、外地に赴くので何が起こるか分かりません。姫様も気を引き締めてお望みください」

「勿論よ。それに〝何か〟があっても、トリスが守ってくれるんでしょう?」

微笑まれ、ベアトリクスは重々しく頷く。

「はい、命に替えましても」

二人は顔を見合わせクスッと笑った。

変わらない毎日の、いつもの遣り取りだ。

いずれシャルロッテは婿をとって聖王妃となり、ベアトリクスはいつまでもその傍らに立つのだと思っていた。

まさか、この巡礼で二人を引き裂く事件が起ころうとは、予想すらできなかった。

＊＊

翌日、聖王女の一行は騎士団に守られ、一か所目の巡礼地へ向かった。

巡礼では、各国の神殿や教会にシャルロッテが赴いて、祈りを捧げる。

祀《まつ》られてある聖なる宝珠に祈りを捧げると、結界が張り直される。

ベアトリクスはシャルロッテと同じ馬車に乗り、会話していた。

「国境の川では男性が人魚に引きずり込まれたと聞くし、油断できないわね」

「そうですね。貴族の中には、淫魔に取り憑《つ》かれている方もいるようで……。森へ行けば狼《おおかみ》男に遭遇し、人里離れた場所には吸血鬼《ヴァンパイア》の根城があります。近隣の者たちは常に怯《おび》えていると聞きます」

ベアトリクスの言葉を聞き、シャルロッテは溜め息をつく。

「自分の力が及ばないようで歯がゆいわ。時間が経てば結界は弱まるし、高位魔族がその気になれば、弱まったところを突いて侵入されてしまう」

真剣な話をしているが、彼女は紙袋に手を入れて焼き菓子をつまんでいる。

ベアトリクスも菓子を勧められ、同様に食べていた。

「魔物に魅入られた者は、魂を抜かれ肉体を食われると聞きます。許される事ではありません」

「そうね。魂を抜かれたら神様のもとへ行けないわ」

彼女たちが信仰している宗教では、死後に天国の門をくぐるために、生きている間は良い行いをすべきとされていた。

穢《けが》れた魂は魔王のもとに召され、醜い魔族に生まれ変わってしまうとされ、人々は常に祈りを捧げ、己の身を清らかにしようとしていた。

主人の憂い顔を見て、ベアトリクスはぐっと拳を握る。

「私が男だったら良かったのに……。それなら騎士たちと一緒に戦えます」

神妙な面持ちをしていたからか、シャルロッテが明るく言う。

「あら、それならこうやって、同じ馬車に乗れないわ」

「ふふ、そうですね」

ベアトリクスは公爵令嬢だ。

父は軍を束ねる元帥を務め、二人の兄はその手伝いをしている。

母も含めて全員考えるより体を動かす派で、ベアトリクスも幼い頃から兄に交じって木剣を振り回していた。

生まれ持っての頭痛持ちで寝込んでしまう事も多かったのだが、そんな時も家族に「それなら鍛えればいい！」と言われてベッドから引っ張り出され、今に至る。

シャルロッテの侍女となれたのは光栄な事だ。

だが父や兄たちのように魔族と戦う事を夢見ていたのに、今の自分は……と思ってしまう事が時々ある。

「一人娘だというのに、よく両親は私が聖騎士となる事を許してくれたと思います。本当なら普通の令嬢のように、舞踏会に出てダンスを踊り、男性との良縁を得る事を期待したでしょうに」

窓から外を見ながら、ベアトリクスは溜め息混じりに言う。

「昔なら絶対に許されなかったでしょうね。けど今ではトリスのお母様は、貴族の婦人部会の会長をされているわ。女性が体力的に劣っているのは違いないけど、昔よりずっと発言権を持ったわ。トリスのように自分の人生を決める人がいてもいいのよ。私はいつでも

「応援しているわ」

「ふふ、ありがとうございます。姫様」

シャルロッテは儚げな外見からは想像できないぐらい、前向きで自立した考えを持っている。

「でもね、あなたの未来は決まってしまった訳ではないの。いつか運命的な出会いを果たして、心から愛する男性を見つけるかもしれない。その時が訪れたら、私は相手が誰であろうが……神様でも魔王でも応援するわ」

「神様、魔王は飛躍しすぎです」

シャルロッテの例えに笑った時、馬車の周りにいた騎士たちがざわついたのが聞こえた。

「何かしら？」

「聞いてみます」

ベアトリクスは馬車の窓を開き、近くにいた騎士に尋ねる。

「どうかしましたか？」

すぐに近くにいた少佐が馬を寄せ、後方を指差した。

「北から怪しい暗雲が近付いていると、伝令がきました。現在確認中です」

「暗雲？」

ベアトリクスは窓から身を乗り出し、窓枠に腰かけると目元に手で庇《ひさし》を作った。

「風の乙女よ、遠目の加護を」

彼女は精霊魔法を行使する。

情けない事に彼女は聖騎士なのに聖属性の加護がほぼなく、聖騎士になる試練を受ける時も難儀した。だが他の魔法は使えるので、こうして活躍できている。

精霊魔法を使うと、目の前に眼鏡に似た小さな魔方陣ができる。

そこから空の彼方を見て「ん⁉」と声を上げた。

「どうかしましたか？」

少佐が声を掛けると、ベアトリクスは厳しい声で告げた。

「北の空より魔物が迫っています！　種族は恐らくガーゴイル。聖王女殿下が狙いである可能性が高いです！　移動速度が速いので馬を全速力で走らせ、第一の神殿に逃げ込みましょう！」

何度も巡礼を共にした少佐だけあり、理解が早い。

「分かりました。前後に伝えます！」

それを合図に、隊列の速度が増していった。

「姫様、揺れますからお気をつけて。しっかり摑まってください」

馬車の中に戻ったベアトリクスは、ドアをしっかり閉めカーテンを閉じる。

「魔物なの？」

「ええ。巡礼の邪魔をしようと目論んでいるのでしょう」

ガーゴイルは上位魔族とまで言わないが、ある程度の知性はある。自分たちに徒なす存在を排除しようと思ってもおかしくない。

シャルロッテはいつも通り、落ち着いた表情で座ったままだ。

「あなたを信じているわ」

「勿体《もったい》なきお言葉」

ベアトリクスは胸に手を当てて礼を示し、油断なく剣の柄を握って襲撃に備える。

逃げ切れたらと願っていたが、やがて無数の羽音が迫ってきた。

絶え間ない羽音が不愉快で、両手で耳を押さえたくなる。

シャルロッテは目を閉じて祈り初め、ベアトリクスは剣を握り締める。

外から「何をする！」「やめろ！」という声が聞こえたあと、馬車に小さな振動が加わった。

「何かしら？」

その時、馬車の車輪が回る音や、蹄の音が聞こえなくなった。

同時に、フワッと浮遊感を覚える。

「か、確認します！」

ベアトリクスは立ち上がって馬車の窓を開き——、突風を受けて「わぷっ」と息を詰まらせた。

窓から見えたのは、一面の空だ。

そして空を埋め尽くすかのように、無数のガーゴイルが飛んでいた。

恐らくガーゴイルは、馬車を持ったまま飛んでいるのだろう。

何か言おうと思ったが、目の前のガーゴイルに「グアァッ！」と威嚇され、とっさに窓を閉めた。

ベアトリクスは緊張を高めて座り、しばし考えた。

彼女が結論を出す前に、シャルロッテが提案する。

「馬車が着地するまで大人しくしましょう。トリスに風の精霊の加護があっても、私を抱えて空から飛び降りられないでしょう？　あなたの加護はそこまで強くないはず」

冷静に言われ、情けない気持ちに駆られながら「申し訳ございません」と謝罪する。

「馬車が着地したら祈りの力を高めるわ。魔族が怯《ひる》んだ隙に、トリスは脱出経路を探してちょうだい」

「承知いたしました。必ず姫様を聖都にお戻しします」

それから二人は手を握り合い、恐怖の時間を堪えた。

ガーゴイル数匹なら一人でも退治できる。だが圧倒的な数になれば話は違う。

生きて帰るために、体力を温存し戦略を練らなければいけない。

ベアトリクスはシャルロッテの手をしっかり握り、己を奮い立たせていた。

やがて振動と共にゴトッと鈍い音を立てて馬車が着地した。

ベアトリクスは唾を嚥下《えんげ》し、剣の柄を握る。

移動中、空の上で襲われなかったのは不幸中の幸いだ。

いつ襲われても応戦できるように体を緊張させていたが、いつまで待ってもガーゴイルは攻撃してこない。むしろ羽音は遠ざかっている。

「ん……？」

（まるで馬車を運ぶためだけに襲ってきたみたいだわ）

ベアトリクスはいぶかしみ、シャルロッテに提案した。

「……様子を見ましょう」

彼女の言葉に、聖王女は無言で頷く。

数分後には、ガーゴイルの羽音はすっかり聞こえなくなっていた。

周囲は静まりかえり、自分たちの呼吸音が聞こえるほどだ。

「見て参ります」

覚悟を決めたベアトリクスは、ドアを細く開けて外を確認する。

足の届くところに地面があるのを見たあと、バッとドアを開いて飛び降りた。

同時に、素早く抜剣して四方を確認する。

「なん……ですか、ここは」

だが、口からそんな言葉を漏らす。

周囲は岩場で、カルデラ湖の底にいるようだ。

馬車から少し離れた場所には、赤い湖がある。

そして赤い湖の上には薄い霧が立ちこめ、その奥に巨大な城のシルエットが見えた。城は小山ほどの大きさがあって、あまりの大きさに気圧される。

「ん……？」

不意に霧の向こうで何か光るものが揺れた気がした。

ベアトリクスは目をこらし、それでもしっかり剣を構えて霧の向こうの気配に集中する。

やがて人の足音とおぼしき音が近付いてきた。

同時に光るもの——ランプのような灯りも迫ってくる。

冷や汗を流して〝それ〟が姿を現すのを待っていたが、意外な正体を目にして彼女は呟《つぶや》いた。

「……執事？」

荒涼とした地に似つかわしくない、執事服を纏った優美な男性が歩いている。

彼は美しい黒髪を緩く結び、胸の前に垂らしている。

スラリとした長身にあつらえたようにぴったりな執事服を纏い、顔立ちは信じられないほど整っていて、切れ長の目を長い睫毛が縁取っている。

彼がただの執事なら助けを求めたかもしれない。

だが先ほどから気になっていた灯りの正体は、彼のお尻から生えている尻尾の先端に灯った火だった。——すなわち、彼は魔族だ。

やがて接近して分かったが、彼は血のように禍々しい赤い目をしていた。普通の人間なら、まずあり得ない目の色だ。

ゴクリと唾を呑《の》んだベアトリクスに、彼は微笑んで挨拶してきた。

「ようこそ。聖王女殿下と聖騎士ベアトリクス様」

「な……っ。ど、どうして……」

名前を知られていてうろたえる彼女に、執事魔族は胡散《うさん》臭さ満点に言う。

「お迎えした客人の事なら把握していますとも」

「では、あのガーゴイルはあなたが差し向けたと？」

雰囲気に呑まれていたベアトリクスは、キッと彼を睨んで剣を握り直す。

「話が早くて何よりです。率直に言えばあなたに〝して頂きたい事〟があり、拐《かど》わかせて頂きました」

「私に？　……姫様ではなく？」

訳が分からなくて問い返した時、後方から「よいしょ……」とシャルロッテの声が聞こえた。

（失念してた！）

バッと振り向くと、シャルロッテが自力で馬車から飛び降りようとしていて、目玉が飛び出るかと思った。

「ひっ、姫様！　いけません！　怪我をしてしまいます！」

ベアトリスは叫ぶように言い、慌てて馬車まで駆け戻る。

シャルロッテはほぼ馬車から出ようとしていたので、戻すのを諦めて抱き下ろした。

「ふう、ありがとうトリス」

こんな状況なのに動じないシャルロッテは、やはり大物だ。

彼女はにっこり微笑むと、執事魔族に挨拶した。

「わたくしは聖王女シャルロッテと申します。あなたのお名前を伺っても宜しくて？」

尋ねられ、執事魔族はうやうやしくお辞儀をする。

「私はシェムハザと申します。魔王陛下アバドン様の、執事やら参謀やら……お側で色々させて頂いております」

「ご丁寧にありがとうございます。シェムハザさんはトリスにご用があるとの事ですが、具体的にはどのような内容ですか？　彼女はわたくしの大事な侍女で聖騎士です。公爵家の一人娘でもあります。危険な目には遭わせられません」

守るべき主人なのに、シャルロッテはベアトリクスの心配をしてくれる。

「ご心配には及びません。痛みや苦しみとは無縁な内容です。もし良ければ、立ち話もなんですし、座れる場所でお話を聞いてくださいますか？」

ベアトリクスはシャルロッテを見て、首を横に振る。

だが聖王女はそれを無視し、ケロリとした顔で承諾した。

「お願いします。わたくし移動で疲れてしまいましたので、お茶でも頂ければ幸いですわ」

「ひ、姫様！」

悲鳴を揚げるベアトリクスを無視し、二人の間で話がついてしまう。

用事があると言われたのは自分なのに、納得いかない。

「ついてきてください」

シェムハザは先導して歩きだし、巨大な城に向かう。

「いけません！　魔物の城になど入ったら、生きて戻れません！　操られていますか？」

「失礼致します」とシャルロッテの頬を引っ張ろうとした時、逆に頬をぎゅーっとつねられて悲鳴を漏らした。

「い、痛い！　痛い！」

「よし、夢じゃないわね。私は正気よ」

「……姫様。普通はご自身の頬をつねるのでは……」

恨みがましい顔をするベアトリクスに、女主人は明るい笑みを浮かべた。

「守ろうとしてくれて嬉しいわ。でも武力行使は最後の手段にしたいの。シェムハザさんは知性のある方に思えるし、私たちよりずっと強いように感じるわ。魔王の補佐をするほどなんだもの」

「それは……そうですが」

「まず相手の話を聞いてみましょう。二人で無事に戻る事を最優先に考え、うまく交渉するの」

「……仰せのままに」

二人の会話が終わるまで、シェムハザは少し離れた所で待っていた。

話が決まったあと、三人は橋を通って城へ向かった。


城の内部は豪奢で優美な作りだ。

黒い床に赤い絨毯《じゅうたん》が敷かれ、廊下の壁には明かりが灯っている。

シェムハザは複雑な造りの廊下を進んだあと、部屋のドアを開けた。

「ここは迎賓室です。適当にお座りください。それから、我々が用意する食べ物は人間が口にしても害はありません。これからお茶をお出ししますが、飲む飲まないはお任せします」

部屋には暖炉にチェスト、ソファセットがある。

「座らせて頂きましょう」

シャルロッテは先に座り、ベアトリクスも隣に腰掛ける。

誰もいなかったはずなのに、テーブルの脇にはワゴンがあり、そこにはティーセットが一式準備されていた。

ガラスポットの中では紅茶が丁度いい色になっていて、シェムハザはそれを美しい花模様が描かれた陶器のポットに移す。

「魔法で用意したのですか？」

「仰る通りです」

シェムハザは二人の前にティーカップを置き、空気を含ませた紅茶を注ぐ。

そして揃《そろ》いのプレートに並べられた焼き菓子も出した。

「さて」

シェムハザは二人の向かいに座る。

そして赤い目でベアトリクスを見つめてきた。

「な……何ですか？」

警戒して尋ねた時、シャルロッテが明るく言う。

「あら、トリス。このお茶美味しいわ」

「姫様⁉　私が毒味する前に飲まれては……、あ、あーっ！」

シェムハザに気を取られた隙にシャルロッテはお茶を飲んでしまい、ベアトリクスは情けない悲鳴を上げる。

彼女が二口目を飲む前に、慌てて毒味しようとティーカップを唇につけたが——。

「あちっ、あっつい！」

自分が猫舌なのを忘れていた。

涙目になってひいひい言うベアトリクスを無視し、シャルロッテが切りだした。

「お話とは何でしょうか？　トリスに何をさせたいのですか？」

それにシェムハザも動じず答える。

「単刀直入に申しましょう。魔王陛下の封印を解いてほしいのです」

「無理れふ！」

ジンジンする舌で、ベアトリクスは拒否する。

「まぁ、話を聞いてください。最近人間界で変な事件が起きていませんか？」

言われて思いだしたのは、新聞に載っていた変態事件だ。

聖都だというのに露出狂だの、人前で淫語を叫ぶだの、嘆かわしい事件が多い。

犯罪に貴賤はないはずだが、窃盗や強盗より、変態事件のほうが情けなく感じるのはなぜだろうか。

「そう……ですね。少し……人様には言えないような事件が……」

ベアトリクスは誤魔化そうとしたが、シャルロッテが台無しにする。

「変態事件が横行しておりますわ。欲求不満な方が多いのかしら？」

「姫様！」

聖王女が「欲求不満」と言うなんて、とベアトリクスは慌てて窘《たしな》める。

「そうです。それなのです」

シェムハザは二人に事の詳細を話し始める。

「陛下の体が三百年前に封印された事は、恐らくご存知かと思います。陛下は三百年前にある女性に恋をされ、そのまま長い眠りに就いておられます。その間に溜った恋心や欲求不満がだだ漏れて、我々魔族のみならず人間界にも影響を及ぼしているのです」

「なんて迷惑な」

思わずベアトリクスは突っ込んだ。

「陛下は神と対局の位置にある、巨大な力を司る存在ですので、その影響力は計り知れません」

シェムハザが「神」と言った瞬間、ジュウッと音がして、彼の口から白い煙が立ち上る。

「ちょっ⁉　だ、大丈夫ですか⁉」

心配しながらも、異変を感じたベアトリクスは、とっさにシャルロッテを庇《かば》うように立つ。

しかしシェムハザは平然と答えた。

「我々魔族は〝あれ〟に関する言葉を口にすると舌が焼けます。仕様ですのでお気になさらず」

焼けた舌はすぐ再生したのか、煙ももう出ていない。

「仕様と言われましても……」

魔族の常識は人間には通じがたく、そう言われても納得できない。

害をなすものではないと判断したベアトリクスは、また腰掛ける。

「話は戻りますが、陛下が恋をした人物の生まれ変わりが、ベアトリクス様、あなたなのです！　おめでとうございます！」

「おめでたくありません！」

富くじに当選したように言われ、ベアトリクスは激しく突っ込みを入れる。

「それで魔王と、魔王が恋をした女性とトリス、さらに変態事件。これらはどう関係がありますか？」

憤慨するベアトリクスを無視して、シャルロッテが話を進める。

「ベアトリクス様のキスで陛下の封印を解いて頂きたいのです。そうしましたら我々や人間を苦しめている、陛下のダダ漏れ魔力が正常な流れに戻ります」

「ですから！」

声を上げたベアトリクスを手で制し、シェムハザは言葉を続けた。

「魔族に協力できないと言いたいのでしょう？」

先に言われ、彼女はコクンと頷く。

「申し上げておきたいのは、我々上位魔族は人間に害を与えようと思っていないという事です。下位魔族は別でしょうが、彼らはいわば野生の獣のようなものです。我々と下位魔族では存在がまったく異なりますので、同じと考えられては困ります」

魔族のすべてに人間を襲う意思がある訳ではないと言われ、とっさに反論する。

「ですが、人魚に水に引き込まれた被害があり、淫魔に取り憑かれた者もいます。それらは上位魔族でしょう？」

シェムハザは皮肉めいた笑みを浮かべる。

「確かに生きるために多少生気を分けてもらう事はあります。ですが上位魔族は、貴重な栄養源を殺しません。それが愚かな行為だと分かっているからです。もし襲ったのが事実なら、そうせざるを得ない理由があると思いませんか？」

「人間が魔族に襲われたらひとたまりもないでしょう。力の差は明白なのに、人間に非があるなど……」

　信じがたいという顔をする彼女に、シェムハザは意味深な笑みを浮かべる。

「それはさておき、陛下がその気になれば巨大な火の玉を地上に降らせる事もできます。けれどそんな事は起こりませんでした。人間界を未曾有の大災害が襲わなかったのは、陛下が平和を願っていたからだと思いませんか？」

　それに返事をしたのはシャルロッテだった。

「ですが三百年前は、酷い悪天候が続いていたと聞きましたわ。それにより勇者たちが立ちあがったと、我が国の歴史書に書かれてあります」

　彼女の言葉を聞き、シェムハザがスンッと真顔になった。

「当時、陛下は長年恋人がおらず落ち込んでいました。泣きたい気持ちが雨となり、地上を困らせる結果となっていました。それについてはお詫び申し上げます」

「……なんて迷惑な」

　ベアトリクスが呟き、手で額を押さえる。

　そんな彼女に、シェムハザは微笑を向ける。

「お言葉の通り、陛下は面倒なお方です。ですが理由もなく人間を襲う魔王ではありません。私だってお二人を襲っていないでしょう？　私は自分を落ち着きがあって忍耐強い性格だと自負しております。野蛮な行為は回避し、ついでに面倒な仕事もうまく避けて優雅に読書をしたい。そんな願望を持っています。同じように、陛下も不器用ながら愛情深く、まじめに仕事をする方です」

ベアトリクスは今までずっと、魔族は純粋な悪だと思っていた。

しかし知らなかった事実を聞かされ動揺している。

「魔族は争いの愚かさを知っています。人間よりずっと長寿だからこそ、平和に生きる大切さを理解しているのです」

そこまで話したあと、シェムハザは両手をパンと打って会話の区切りを示した。

「陛下の封印を解いて頂いても、決して攻撃しないとお約束しましょう。陛下が求められているのはベアトリクス様です。ですからあなたにはこの城に留まって頂きたい。その代わり聖王女殿下は聖都にお戻ししましょう」

「私さえこの城にいれば、姫様は聖都に戻れるのですか?」

ベアトリクスは興味を示すが、シャルロッテは冷静に突っ込みを入れる。

「でも魔王の封印を解くにはキスが必要なのよ。あなた、ファーストキスもまだなのではなくて?」

「う……っ」

指摘され、ベアトリクスの表情が歪《ゆが》む。

二十四歳になっても浮いた話が一つもない事を、彼女は密かに気にしていた。

それにシェムハザが茶々を入れてくる。

「キスの一つや二つ、いいではないですか。陛下は見た目がいいほうだと思いますし、リップケアも万全ですよ」

「……リップケアの話なんてしていません」

ジトリと彼を睨んだあと、ベアトリクスは真剣に考え始める。

「……本当に人間を攻撃するつもりはないのですね？」

「でしたら契約を結んでもいいですよ？　もし私が約束を破れば、この身がズタズタになるような血の契約を……」

「お断りします！」

たとえ魔族でも、そんなむごたらしい契約など結びたくない。

自分のせいで彼が血みどろになると思っただけで、具合が悪くなる。

「では、陛下の封印を解いてくださるのですか？」

すかさず言われ、ベアトリクスは低く唸《うな》って懊悩《おうのう》する。

「う、うー………」

そんな彼女の腕に、シャルロッテが手を添える。

「無理をしなくていいわ。二人で頑張れば聖都に戻れるんじゃないかしら？」

だが、すぐにシェムハザが否定する。

「残念ながら、難しいでしょうね。この土地は半分人間界、半分魔界にあります。長時間魔界にいれば、人間の体は徐々に瘴気《しょうき》に蝕《むしば》まれていきます。聖王女殿下には強い光の加護があるでしょう。ですがさすがに二人分の結界を張りながら、徒歩で広大な魔界から出るのは堪えるのではありませんか？　それにここから人間が住んでいる場所まで、歩いて三か月はかかるでしょうね。ガーゴイルに運ばれた時に長距離を移動したつもりはなくても、魔界には空間を歪める力があります。道中、女性二人で下位魔族に襲われない保証はありません。ベアトリクス様がどれだけお強くても、群れに囲まれればひとたまりもありません」

気持ちとしては反発したい。だがシャルロッテだけは絶対に助けたいという思いが、ベアトリクスを悩ませた。

自分のプライドを取るか、シャルロッテの命を取るか。

——答えは一つだ。

「……分かりました。魔王にキスしましょう。私がこの城に留まっても、命の危険はないのですね？」

結局は言う事を聞くと決めた彼女に、シェムハザは憎たらしいほど優美に微笑んだ。

「ありがとうございます。安全は保障致します」

「……それを聞いて安心しました。では魔王のもとまで案内をお願いします」

固く決意したベアトリクスを、シャルロッテは溜め息混じりに見ていた。

＊＊

長い廊下を進んだあとに渡り廊下を通った。

窓の外を覗くととても高い場所にあるらしく、もうもうとした霧に包まれて地面が見えない。

渡り廊下の先には大きな扉があり、シェムハザが近づくと音もなく扉が左右に開いた。

扉の向こうは、聖都にある大聖堂に勝るとも劣らない、巨大な礼拝堂があった。

ドーム状の天井には一面に見事なステンドグラスがあり、正面には祭壇らしきものがある。祭壇の天井からは巨大な振り香炉が吊《つる》され、まさしく礼拝堂だ。

しかしよく見れば、ステンドグラスに描かれているのは角や尻尾、羽がある悪魔だ。加えて祭壇に祀られているシンボルは、見た事もない奇妙な形をしている。

「ここは……大聖堂ですか？」

「いえ、大魔堂です」

「……そうですか」

シェムハザはまっすぐ進み、祭壇に向かう。

――と、ベアトリクスはある物に気づいた。

「あれは……」

祭壇の前には、黒い棺があった。

彼女の声を聞き、シェムハザが応える。

「あそこ陛下が眠っておられます。床に寝かせておくと、起きた時に腰が痛いと言われるので、棺に入れておきました」

(扱いが雑だわ……)

ベアトリクスは素直な感想を抱く。

「魔法でベッドなどを出せたのではありませんか？」

思った事を言うと、シェムハザは「あ」と声を漏らす。

そのあと誤魔化すように咳《せき》払いし、「経年劣化で歪んできていますね」と棺の角をバンバンと叩いた。やはり扱いが雑だ。

「どうぞご覧になってください。割と美形でしょう？」

棺を覗き込めば、黒い軍服を身に纏った長身の男性が横たわっていた。

薄暗い聖堂の中で、銀色の髪がふわりと光っているように感じられる。毛先は闇色に染まっていて、お洒落《しゃれ》なのか地毛なのか分からない。

閉じられた睫毛は驚くほど長く、キリリとした眉や高い鼻梁《びりょう》、形のいい唇などを見ると、確かに顔立ちが怖いほど整っている。

その体は、衣服越しにも引き締まっているのが分かる。

「触っても大丈夫ですか？」

「害はございませんのでご自由に」

返事を聞いてから、ベアトリクスはつんつんと魔王の頬をつついてみる。

「冷たいですが、死んでいるのですか？」

「いいえ。仮死状態になっているだけです。不老不死の魔王なのに、仮死状態というのも変な話ですけれどね」

ベアトリクスはしばらく、棺に横たわっている魔王アバドンを見ていた。

（見たところ、耳が尖っているところを除けば普通の人間に見える。見た目の抵抗はほぼない）

なるべく冷静に自分の気持ちを分析する。

（……抵抗があろうがなかろうが、彼にキスしなければ姫様は聖都に戻れない）

あまり考えすぎると、逆に決意が鈍ってしまう気がして、スッと息を吸うとシャルロッテに話しかけた。

「姫様、魔の者に与する真似をして申し訳ございません」

謝罪を受け、シャルロッテは微笑んだ。

「あなたが決めたなら仕方がないわ。この恩は一生忘れない。でもこれで最後と思わないで。私は聖都に戻ったあと、必ずあなたを迎えにくる」

「姫様……」

二人は見つめ合い、ひしっと抱き合う。

守るべき聖王女の存在を確認したあと、ベアトリクスはそっと体を離し、魔王に向き直った。

「……姫様をお守りするためです」

眠っている魔王に向けて言い、ベアトリクスは棺の前に跪《ひざまず》く。

そしてできるだけ何も考えず、魔王の頬を両手で包んだ。

（……初めてのキスが魔王なんて）

小さく嘆息したあと、ベアトリクスは〝作業〟だと思って魔王の唇にキスをした。

（……思っていたより柔らかい）

生まれて初めてのキスの感想は、それだった。

少し温度の低い唇だと思っていたが、みるみる温もりが戻っていく。

ハッとしたベアトリクスは、とっさに顔を離す。

が、グッと後頭部を押さえられたかと思うと、それまで閉じていた魔王の唇が開いて、温かい舌がヌルリと口内に入り込んできた。

「‼」

「むぅっ⁉」

彼女が知っている〝キス〟は、唇を触れ合わせる事だ。

なのに口内に舌が入り込んで仰天し、慌ててありったけの腕力で抵抗する。

聖騎士として毎日みっちりと鍛錬を積んだ彼女の体は、そこらの男性をも凌駕《りょうが》する筋力を誇っている。

だが魔王はびくともせず、恐ろしいまでの力でベアトリクスの頭を押さえ続けた。

「んぐ……っ、ぅ、ん、……うぅっ、むーっ！」

唾液を纏った舌がヌルヌルとベアトリクスのそれを擦る。さらに人ではあり得ない長さになり、彼女の舌に絡みついて口内をグルリと舐《な》め回してきた。

「んふ……っ、ぅ、ん――、んむぅっ！」

生まれて初めてキスをしたかと思えば舌を入れられ、目を白黒させていた時、魔王が棺の中にベアトリクスを引きずり込んだ。

「んーっ！」

筋肉質な体の上で腕を突っ張り、慌てて起き上がろうとするが背中を押さえられる。魔王の不埒《ふらち》な手は彼女の背筋をなぞり、腰のくびれを確認したあと、スカート越しにぎゅうっと尻肉を掴んで遠慮なく揉んできた。

「んぅーっ！　ん、ン、んぅ、むぅうっ」

体をまさぐる魔王の手からは、淫靡《いんび》な魔力が流れ込んでくるように思えた。

ベアトリクスの体にはじんわりと未知の感覚が宿り、下腹を甘く疼かせる。

〝それ〟に支配されるのが恐ろしくて必死に抵抗するのだが、幾ら暴れても力で敵わない。

「……あふ……」

とうとうベアトリクスは、ぐったりと体の力を抜く。

そのタイミングで魔王の舌が口内から抜け、二人の唇の間で銀糸が引いてふつりと切れた。

魔王はベアトリクスの体を支えて起き上がり、しっかりと彼女を横抱きして立った。

そして――魔王と思えない明るい声で告げた。

「復活したぞ！　シェムハザ、よくやった！」

「陛下、寝癖がついております。腰はどうですか？」

「腰は大丈夫だ。せっかく運命の女が手に入るのに、腰が使いものにならなかったら意味がないしな」

ボーッとしたベアトリクスの耳に、やけに元気な魔王の声が入る。

低くて張りのある美声だ。だが彼女にとっては、いきなり口の中に舌を入れてきた変態なので聞き惚れるはずもない。

その時、シャルロッテが口を開いた。

「あなたが魔王ですか？」

彼女の声を聞き、ベアトリクスはハッと我に返る。

自力で立とうとしたが、魔王にしっかり抱きかかえられていて叶《かな》わない。

シャルロッテの問いに、魔王は鷹揚《おうよう》に頷く。

「いかにも、俺は魔王アバドンだ。お前がトリスの主人である聖王女だな？」

初対面なのに愛称で呼ばれ、ベアトリクスはムッとした。

（馴れ馴れしい）

「立てますから離してください」

冷たく言ったのだが、まったく気持ちを悟ってくれない彼がとんでもない事を言った。

「そう遠慮するな。花嫁殿」

「はぁっ⁉　はな……っ」

突然花嫁扱いされてベアトリクスは混乱し、彼を見上げてすぐ顔を逸らす。

今まで男性と個人的に懇意になった事がないため、震えがくるほどの美丈夫を直視し、心臓が壊れそうだ。

そんな彼女の心情を知らず、シャルロッテが言う。

「トリスは約束を果たしました。今後彼女にどういう役目が与えられるか分かりませんが、ひとまず彼女を放してあげてください」

彼女の言葉を聞き、アバドンがかみ合わない返事をする。

「眠っている間に聞こえていたが、俺の封印を解いたら聖王女を聖都に戻す約束をしていたな」

そう言ったあと、アバドンはベアトリクスの脚を下ろし、片手でしっかり彼女を抱き込む。さらに空いた手をシャルロッテに突き出した途端、彼女の足元に青白く光る魔方陣が描かれた。

「姫様⁉　ちょっ……、ま、待ってください！　私は姫様と一緒に……っ」

「諦めろ。トリスには俺の妻になってもらう」

見上げたアバドンは、悪辣に笑っていた。

「そんな事、約束していません！」

その間にも、シャルロッテの体は足元から青白い光に包まれてほぼ消えかけている。

「トリス！　必ずあなたを助けに……」

彼女がそこまで言った時——、聖王女の姿は光と共にフッ……と消えた。

「姫様ーっ！」

ベアトリクスは絶望の表情で、主人がいた空間に手を伸ばす。

だがシャルロッテが立っていた場所には何もなく、ガランとした空間に自分の声が響くのみだ。

シェムハザが溜め息をつく。

「陛下、そういうの嫌われますよ」

我に返ると、この場にいるのはアバドンとシェムハザ、そして自分。

ベアトリクスは一人魔王城に囚われた。

（絶体絶命……！）

彼女はふつふつと冷や汗を掻《か》き、目をまん丸に見開いた。

第二章　濃厚すぎる魔王との初夜

アバドンが眠っていた棺は、彼の復活と共にどこかへ消え去った。

ベアトリクスはひとまず魔王から距離を取り、近くのベンチに腰掛けた。

その隣にアバドンが座ろうとしたので、「あっちに行ってください！」と通路を挟んだ向こう側に座らせた。魔王などの側にいたくないし、無駄に整いすぎた顔が近くにあると動揺してしまう。

まず、シェムハザから聞いた話を要約する。

「私はあなたを封印した聖イザベルの生まれ変わりで、あなたの封印を解く事ができた。……だから結婚したい？　なぜ？」

最後は思わず、詰問するような口調になった。

「話が早いな。式はいつにする？　俺としては今すぐ挙げても構わない。いや、女はドレスに拘りがあるのか？　こちらのしきたりでは純黒で臨む事になっているが、構わないな？」

「構います！　何もかも構います！」

脚を組んで腕も組んだベアトリクスは、クワッと目を見開き叫ぶ。

「そもそもの話です！　好きになった女性の生まれ変わりだから結婚したい？　ふざけているのですか？」

「おっ⁉　妬いてるのか⁉」

アバドンはパアァッと顔を輝かせ、ベアトリクスは歯ぎしりをする。

「誰が誰に妬くのですか！　聖イザベルの事は聖人として敬っていますが、もう三百年も前に亡くなっています。その前に私の立場を考えてください！」

話がかみ合わない事に苛々したベアトリクスは、無神経な魔王に自分の状況を説明した。

「まず、私はあなたの事をまったく知りません。あなたが一方的に私を知っていても、私は高位魔族に接したのは初めてです。初対面らしい対応を求めます。それにいきなり女性に親しくしすぎるのは失礼ですし、断りもなく触るのも失礼。相手の了承なく結婚の話を進めるなど、論外です」

言い切ってからツンと横を向くと、アバドンが「叱られた。嬉しい」とシェムハザに漏らした。懲りない上に気持ち悪い。

ベアトリクスの心境を察したのは、どちらかというと常識のあるシェムハザだった。

「陛下、まず順番に参りましょう。彼女は前世など覚えていません。条件付きでここに留まって頂き、望まない引き留め方をしています。不機嫌なのは当たり前と思ってください。順を追って説明し、彼女の心を開くのが先決です」

「シェムハザさんの仰る通りです。……心など開きませんが」

(……まさか魔族を相手に『考え方がまとも』だと感心する日がくると思わなかったわ)

ベアトリクスの言葉を聞き、アバドンは腹心を血走った目で睨む。

「俺より先にトリスの信頼を勝ち得るとは……。まさかお前が裏切り者……!?」

「本当に余裕がないですね」

シェムハザは溜め息をつき、このままでは埒があかないと説明を始める。

「三百年前、陛下はあまりの女ひでりに絶望してらっしゃいました。その思いが人間界に雨を降らせ、人々を困らせました」

(さっきも聞いたけど、本当に迷惑な話だわ)

「そして人間は魔王討伐のために、四人の勇者を送り込みました。人間界の伝承では陛下と勇者の戦いは熾烈《しれつ》を極め……となっていますが、現実は赤子の手をひねるようなものです。手すら出さず、尻尾と羽ぐらいで応戦していました」

「えっ!?　尻尾や羽があるのですか!?」

思わずベアトリクスは声を上げる。

「見るか!?」

出番だと思ったアバドンが、嬉々《きき》として言って立ち上がった。

その途端、彼の背中にバサッと黒い六枚の羽が広がり、鱗《うろこ》がびっしり生えた太い尻尾が現れる。尻尾の先端には青白い炎が揺らめいていた。

「陛下、ですから行動が唐突です。驚いてらっしゃるでしょう。ベアトリクス様、ご理解頂けましたか？」

シェムハザに言われ、ベアトリクスは無言でコクコクと頷く。

アバドンは尻尾と羽をしまったあと、説明の続きを請け負う。

「俺は戦いのさなか、イザベルに注目していた。彼女はとても清らかな魂を持っていた。神の祝福を受けた女だとすぐ理解した。その魂がお前の中にある」

黒い革手袋を嵌《は》めたアバドンが、ぴ、とベアトリクスの胸元を指差した。

まさか聖人の魂が自分に入っていると思わなかった彼女は、呆《ほう》けた表情で言う。

「そんな……。信じられません」

「まぁ、前世を覚えてないのは仕方がない。短い生の宿命を持つ人間だから、忘れる事を許されるんだろう」

（まるで忘れる事が許されないと言っているようだわ）

不意にそう思い、微かな違和感を抱く。

「俺は不意をつかれ、イザベルの血によって封印された。三百年……長いようで短かったな。封印されたと言っても、人間が魔王を倒すなどあり得ない。ただ肉体が麻痺《まひ》しただけで、魔王として魔界に魔力を供給する事はできていた。世界中のあらゆる声を聞き、何が起こっているかも把握していた」

魔王の力の巨大さに、ベアトリクスは瞠目《どうもく》する。

しかもあれほど崇められた勇者が、魔王側からは大した事がないと言われた。

子供の頃から憧れていた存在を否定され、少しショックだ。

「時間が経つなか、イザベルの魂が波長の合う肉体を見つけ、産声を上げたのがお前だ」

アバドンに愛しげに微笑まれても、なんとも言えない。

「前世の話は理解しました。ですがあなたと結婚する理由になりません。再会して満足したなら、早く私を姫様のもとに戻してください」

動じずに言うと、少しまじめな顔になったアバドンが溜め息をついた。

「シェムハザ。これどうしたらいい？　『地上に火の雨を降らせるぞ』って脅したほうがいいやつか？」

その言葉に、ベアトリクスはギョッとして、剣の柄を握った。

「あ……っ、悪魔っ。やっと本性を現しましたね！」

彼女の反応に、アバドンは一瞬にして気の抜けた表情になり、脚を組み替える。

「……そういう手も取れるって事だ。俺はトリスを妻にしたい。側に置いて離したくない。そのためならお前に恨まれる事だってするさ」

皮肉めいた笑みを浮かべる彼に、ベアトリクスはうめくように言う。

「……姫様と地上には、手を出さないでください」

唇を歪めた彼女は、剣を握る手を震わせた。

（私一人で立ち向かっても、敵わないのは分かってる。というより、私さえ我慢して魔王

の花嫁になれば、皆救われる）

でも――。

不意にアバドンは困ったように笑い、溜め息混じりに提案してきた。

「じゃあ、賭けをしよう」

「……賭け？」

渋面になるベアトリクスに、アバドンはニカッと笑ってみせた。

「期間は一年。その間、トリスにはこの城で俺と過ごしてもらう。期間内に俺が迫り、トリスが俺を『好きだ』『愛してる』と言ったらお前の負けだ。そうなったら本当の花嫁になり、ずっと側にいてもらう」

「あなたが魔法を使ってズルをしない保証は？」

「トリスに魅了《チャーム》を掛けたりしないと誓う」

言質をとったあと、ベアトリクスは「いけるのでは？」と思い始めていた。

（魔王など好きになるはずもないわ。魔王と一緒に暮らすのは嫌だけど、賭けに勝てば姫様のもとに帰してもらえる）

「よし」と思ったあと、最後に確認する。

「私が勝ったら、地上に帰し、二度と関わらないと約束してください」

「いいだろう」

にんまりと笑ったアバドンは、革手袋を脱いで爪の先に濃いピンクの光を灯した。

「……な、何ですか……」

（攻撃される⁉）

緊張すると、立ちあがったアバドンがちょいちょいと手招きし、彼女を立たせる。

「じゃあ、契約を結ぼう。トリスが俺に『好きだ』と言ったら、体が疼いて俺の事しか考えられなくなる契約魔法をかける」

「なっ……！」

「契約中に俺が卑怯な手を使ったら、七つある命の一つぐらい賭けてもいいだろう」

「い……っ、いのちっ⁉」

（重すぎる！）

「あなた、バカですか⁉　人間の女一人に命を賭ける人がどこにいますか！」

「心配してくれるのか？」

「違います！」

条件反射のように怒鳴ったあと、ベアトリクスは必死に自分を落ち着かせる。

「……もっと軽いものを賭けてください」

「どうしてだ？　トリスの愛を得るためなら、命を賭けても惜しくない」

ドン引きしたのに、アバドンはきょとんと小首を傾げるだけだ。

「～～～っ……、知りません！　命が惜しくないならお好きにどうぞ！」

やけくそになってフンッと鼻息荒く言うと、「よぉし」と彼が頷いた。

「じゃあ、契約印を結ぶぞ。契約条件に抵触しなければ、心身共に何の害もないから安心しろ」

「――どうぞ」

挑戦的な目で睨むと、アバドンはピンクの光が宿った指を彼女の腹部に向けた。

「……え？」

ベアトリクスは思わず指先を目で追う。

アバドンはいきなり、彼女の下腹部に掌を押しつけてきた。

「ちょ……っ、なにす――、んぐっ」

思いきり平手を喰《く》らわせようとしたが、顎を捕えられまたキスをされた。

「ん――っ、ん……ぅ」

アバドンの舌がねっとりと蠢《うごめ》き、口内を蹂躙《じゅうりん》してくる。

ヌチュクチュと二人の唇の間で淫靡な音がし、逃げたくても腰を支えられていて敵わない。

おまけに下腹に当てられた手から、熱が伝わってくる。

熱は高鳴る鼓動と重なり、ドクンドクンと脈打って彼女の全身に広がっていく。

（何……っ、これ……っ）

ベアトリクスは処女だ。

なのに自分の体を支配する甘い疼きが、性欲だと直感で理解した。

ジンジンと子宮が疼き、下着に何かが滴って濡《ぬ》らすのが分かった。

アバドンは衣服越しに触れているだけなのに、見えない手で体の内部を愛撫《あいぶ》されているようだ。

「ん……っ、ふ、――ぅ」

肉厚な舌に口内を舐められ、舌の付け根をぐるりと掻き回される。

口から溢《あふ》れそうになった唾液をゴクッと嚥下すると、アバドンがククッと喉の奥で低く笑った。

(聖王女殿下の護衛である私が、魔王に辱められている……！)

この上ない屈辱を味わっているのに、腰を揺らし、体を支配する淫らな欲求に屈服しそうになっていた。

「んーっ！」

(駄目……っ‼)

あと少し些細《ささい》な刺激があれば、おかしくなってしまう。

ベアトリクスは、ドンッと彼の胸板を押してとっさに距離をとる。

赤面して呼吸を荒らげ、彼を睨みつけた。

「け、契約はいつ終わるのですか⁉　これはただのキスでしょう！」

「ちゃんと契約したぞ」

ペロリと唇を舐めたアバドンは、いきなりベアトリクスのペチコートをめくってきた。

「⁉」

今までそんな無礼を働いた者などおらず、彼女は呆気《あっけ》にとられて固まった。

向こうではシェムハザが片手で顔を覆っていた。

「下腹部に淫紋がついただろ？　トリスが俺を『好き』と言ったら、このやらしい紋章が疼いて……いってぇ‼」

バッチーン！　と凄まじい音がし、アバドンが一歩後ずさった。

渾身《こんしん》の平手をしたベアトリクスは、涙目になってフーッフーッと荒い呼吸を繰り返す。

そんな彼女に、シェムハザが拍手をして「その意気です」とエールを送っていた。

「とにかく、これで契約は成立した。これから一年宜しくな！」

赤く手形がついたアバドンの頬は、脅威の回復能力でスッと戻っていく。

それを見て魔王にどれだけ抵抗しても効かない事を察したベアトリクスは、疲れ切って返事をした。

「――――分かりました」

＊＊

宛がわれた豪奢な部屋で、ベアトリクスは煌《きら》びやかなドレスに身を包んでいた。

シャンデリアが下がり、猫足花柄の優美なソファセットやカーテンなどは、実に女性らしい。しかし壁紙がワインレッドに金のアラベスク模様とダークトーンなので、普通の白壁の部屋より重厚感がある。

おまけに彼女の周りには、筋骨隆々なメイドが数人控えていた。

アバドンと契約を結んだあと、ベアトリクスはこの部屋に案内され、彼女たちによって力尽くで着替えさせられた。

結婚式について落ち着いた場所で話すため、らしい。

「……どうして結婚式なのですか」

ムスッとして尋ねると、ソファに座ったアバドンがケロリとして言う。

「そりゃあ、一年もあるなら結婚するしかないだろ」

「微塵《みじん》も理解できません」

「えー」

畏怖すべき魔王なのに子供っぽい面を見せるので、彼の本性が分からない。

ベアトリクスは帰りたくて堪らないのに、ふざけられて腹が立つ。

「俺だって三百年トリスを想ってたんだ。ようやく会えて言葉を交わせた。一年だけでも、結婚したフリはできないか？　大人の余裕をちょっとは見せてみろよ」

しかしアバドンに滔々《とうとう》と言われ、少し考え直す。

（……確かに三百年は長いわ）

あの棺で一人イザベルを想って眠っていたと思うと、少し哀れに思えた。

「……仕方がないですね。形だけなら構いません。人間界へ戻ったあと、魔王と結婚ごっこをしたなんて誰も知らないので、ノーカウントです」

「本当か⁉」

アバドンはガバッと前のめりになる。

(調子が狂うわ。もっと傲岸不遜で嫌な奴だったら、嫌って終わりなのに)

「それで……、あのドレスですか？」

ベアトリクスは溜め息をつき、部屋の一角を見る。

そこには幾つものトルソーに、何種類もの黒いドレスが飾られてあった。

様々なデザインのドレスは、純白や色とりどりの物なら、さぞ壮観だったろう。だが目の前にあるのは喪服を思わせる漆黒のドレスばかりで、溜め息しか出ない。

「何でも好きな物を選んでくれ。適当に創ったが、サイズが合わなかったらメイドが直してくれる」

「創った……？　あなたが？」

この短期間に、これだけのドレスを用意するなど無理だ。

いぶかしげにアバドンを見ると、種明かしをされる。

「ドレスのデザインさえ思い浮かべば、魔法でちょちょいと創れる。ここは魔界で、魔力の源は大気中に満ちているからな」

「便利なものですね」

ベアトリクスは立ち上がり、ゆっくりとトルソーの間を歩く。ドレスの細部を見て、ぐるっと回り込んでバックスタイルもチェックする。

やがて――。

「これにします」

ベアトリクスが決めたのは、少し昔のデザインのドレスだ。

オフショルダーの下は垂れ袖《ハンギングスリーブ》になっていて、胸元はハートカット、腰から下はふんだんにレースが重なっている。後ろはロングトレーンを引きずっていて、実に豪奢だ。

「分かった。じゃあ、あとは任せた」

アバドンが頷くと、例の屈強なメイドたちがベアトリクスを取り囲む。

（い、威圧感が半端ない！）

焦りながらも、彼女はアバドンを部屋から追いだした。

「着替えるまで部屋の外に出ていてください」

「分かったよ」

アバドンが名残惜しそうに立ち去ってから、ベアトリクスはあっという間に着ていたドレスを脱がされ着替えさせられた。

下着もすべて黒で、よく用意したものだ。長い金髪はブラシで梳《と》かされただけで、輝かんばかりの艶を放った。恐らくこれも魔法だろう。

あっという間に髪を結い上げられ、黒真珠のピンで飾られる。

仕上げにレースやリボンのついた黒いヒールを履いて花嫁のできあがりだ。

（〝婚期を逃した聖騎士殿〟と言われた私が、まさか魔王の花嫁になるなんて……）

そう思いつつも、姿見に映った自分を見て、つい「悪くない」と思ってしまう。

聖騎士であっても美しい物は好きで、着飾る事を密かに夢見ていた。

だが毎日の鍛錬がある上、動きにくいドレスではシャルロッテを守れない。

加えて鍛え上げた肩や腕でドレスを着れば、他のレディと並ぶととても目立つ。

騎士姿の時に、防具の下にオーバードレスを着ていたのは、女性らしさを失いたくないと思ったからだ。

チャラついた格好をしていれば、同僚の男性聖騎士に「だから女は」と言われる。

だからオーバードレスについても、過度な装飾のないシンプルなデザインに留めていた。

人間界ではそこまで気を遣っていたのに、魔界では何も気にする事なくヒラヒラしたドレスを着られるなんて皮肉なものだ。

鏡を見て微妙な表情になっていると、アバドンが部屋に入ってきた。

彼はベアトリクスの姿を見た途端、パッと表情を明るくする。

「綺麗だな。……うん、綺麗だ」

そう言ったあと、彼は両手の親指と人差し指でフレームを作った。そのあと手をベアトリクスに向けたまま、ゆっくりと彼女の周りを歩き始めた。

「……何をしているんですか？」

「今、別室にあるクリスタルに、トリスのドレス姿を保存している」

「許可なくそういう事をするの、やめてくれませんか？」

苛つきと呆れが混じった声で言っても、彼が言う事を聞いてくれるはずもない。

少ししたあと、満足したらしいアバドンが手を差しだしてきた。

「うん、よし。じゃあ大魔堂に行こう！」

「出会ってその日に結婚だなんて……」

溜め息をつき文句を言いつつも、一応夫になる人なので大人しく彼の手をとった。

「いいじゃないか。少なくとも俺はずっとお前を知っていたし、見ていた」

（前世の私を好きだっただけでしょう）

心の中で文句を言うが、まるでイザベルに妬いているようなので、言わないでおいた。

＊＊

アバドンが封印されていた祭壇前には、すでにシェムハザが立っていた。

「それではこの悪魔教典に手をのせて、私の問いかけのあと、誓いの言葉を述べてください」

祭壇の上には分厚い聖書――のような見た目の、悪魔教典がある。

それ自体が強い魔力を持っているらしく、誓いを立てると契約が成立してしまうようだ。

先ほどすでに契約したとはいえ、悪魔と婚姻の契約を結ぶとなると気が重たい。

(でも私が魔王を好きになるなんてあり得ない。一年後には姫様のもとに戻っているわ)

「それでは魔王アバドン陛下。あなたはベアトリクス様を妻とし、七つの命がなくなるまで愛し続けると誓いますか？」

特殊過ぎる問いかけに、アバドンが返事をする。

「ああ、誓う」

「それではベアトリクス様。あなたは魔王アバドン陛下を夫とし、契約が続く限りこの城に留まり、妻としての役割を果たすと誓いますか？」

問いにベアトリクスは渋々頷いた。

「………はい、誓います」

「それでは、誓いのキスと――初夜を」

初夜という言葉について質問する間もなく、アバドンが嬉々として抱き締めてきた。

そして微笑んだかと思うと、彼女の顎を捕えて顔を傾けてくる。

(嫌なのに……)

相手が魔族の王というだけで拒絶感があるのに、見目麗しい姿をしているせいで胸の奥がやけにざわつく。

白銀の睫毛に縁取られた、血のように赤い目が自分を見つめてくる。

――綺麗。

そう思いかけて「違う」と首を横に振ろうと思った時には、ふんわりと彼の唇が重なってきた。

「ん……っ、む」

魔王と触れ合うだけでも嫌と思っているはずなのに、熱くぬめらかな舌で口内を暴かれると、体の奥にジワリと熱が宿る。

抵抗しようとしても、しっかりと抱き留められて動けない。

魔力もあるのだろうが、力で敵わないと思うと自分が〝女〟であると思い知らされる気がして、頬が熱を持った。

柔らかな舌で丁寧に口腔《こうこう》を舐められ、ヌチュクチュとみだらな音が立つ。

苦しくなって口を開こうとすると、その隙をついて舌が奥へ入り込んできた。

(さっき、初夜って……。しょ、……や、――って、あ、……きも、ち……)

考えようとしても、巧みなキスに頭がボーッとする。

気がつくと、ベアトリクスはあまりの気持ちよさに脱力してしまっていた。

ぐったりとした体をアバドンに横抱きされ、彼が歩き始める。

これから初夜の褥《しとね》に向かうのだと、ジンと痺《しび》れた頭の片隅で理解しても、彼女は抗う術を持たなかった。

＊＊

衣擦れの音がし、ベアトリクスは意識を浮上させる。

目に飛び込んできたのは、天上の神々が描かれたフレスコ画だ。

仰向けになっていた彼女は、恐ろしく大きなベッドにいた。

人の気配がしてそちらを見ると、アバドンが鼻歌混じりに服を脱いでいるところだ。

「――なぁっ⁉」

思わず起き上がったが、まだドレスを着ている事に気づいて安堵《あんど》する。

「お、起きたか」

アバドンは鍛え抜かれた逞《たくま》しい上半身を晒し、トラウザーズを脱ごうとしている。

今まで軍服姿しか見ていなかったのでドキッとし、彼女は反射的に横を向いた。

「な、なぜ脱いでいるのですか！」

「初夜を執り行うからに決まってるだろう。結婚したらやる事は一つだ」

その単語を聞いて、誓いのキスの直前にシェムハザが言っていた言葉を思いだした。

自分が彼と誓いを交わし、キスをした事も脳裏に蘇《よみがえ》る。

（キスごときで気を失うなんて……）

悔しさと恥ずかしさで唇を引き結び、きっと魔法を使われたのだと理由づけた。

そして気を取り直し、敢然と立ち向かう。

「仮初めの結婚をするとは言いましたが、体を許すとは言っていません！」

アバドンを拒絶したあと、ベアトリクスはたっぷりとした布地のドレスに苦戦しながらベッドから下りようとする。

だが見えない壁があるのか、ベッドの向こう側の空間に手を出す事ができない。

「ちょ……っ、こ、これは？」

ベアトリクスは見えない壁をドンドンと叩く。

だというのに一糸まとわぬ姿になったアバドンは、スッとベッドに座った。

赤面して顔を背けたベアトリクスの顎を、彼がしっかり捕えて自分を見させる。

「お前は契約をした。さっきシェムハザが言った事は覚えているな？　『契約が続く限りこの城に留まり、妻としての役目を果たす』と。その契約がお前を縛っている」

「そんな……」

詐欺にでも遭った気分になり、ベアトリクスは呆然《ぼうぜん》とする。

「それに、最初にシェムハザは『魔王の封印を解いてほしい』と言ったはずだ」

「確かに、それについてはキスをして約束を果たしました」

だがアバドンは「違うんだよなぁ……それが」と首を横に振り、悪辣な笑みを浮かべた。

「こう見えて、俺の封印はまだ表層しか解かれていない。体が動くようになっただけだ。封印がすべて解ければ、魔界の生きとし生ける物がピンピンツヤツヤする、新鮮な魔力を提供できる。……だが、今は三割ぐらいの力だな」

（これ以上魔界の生き物が元気になっては困るのですが）

ベアトリクスは心の中で突っ込みを入れる。

「イザベルは処女の血で俺を封じた。まぁ、術者は他にいたがな。俺の封印を完全に解くには、同じく処女の体液が必要になる。その上で、対象の処女の魂――愛を捧げられたら完璧に封印が解ける」

「まさか……」

クラリと眩暈《めまい》を起こした心地になり、ベアトリクスは額に手を当てる。

「安心しろ。たっぷり感じさせて堕としてやる」

ニッコリと微笑んだアバドンの笑顔を、これほど邪悪だと思った事はない。

「ですが処女を失えば、人間界に戻った時に嫁のもらい手が……」

「ちょちょいと魔法で処女膜再建してやるから、心配するな」

「誰がそんな生々しい話をしろと言いましたか！　あっ……」

とっさに言い返したが、トンと肩を押されて後ろ手をつく。

体勢を整える間もなく、アバドンが馬乗りになって彼女を押し倒した。

「人間は人種やら家柄、処女にこだわるよなぁ。大事なのは魂だろ」

「こだわらないのは素晴らしいですが、私は人間の価値観のもと生きています」

「だが契約したのに、破るってこたぁないよな？」

嘲笑され、ベアトリクスは彼を睨む。

「俺は聖王女を約束通り聖都に戻したぞ？　魔王は約束を守ったのに、聖騎士殿は破るのか？」

「ぐ……」

このままでは自分こそ〝卑怯《ひきょう》者〟になってしまう。

「さあ、どうする？　誇り高い聖騎士殿。魔界での一年は誰も知らない。非処女になった痕跡も残らない。トリスさえ言う事を聞けば、聖王女も人間界も安泰だ」

憎たらしい笑みを浮かべ、悪魔の王が甘い誘惑を囁《ささや》く。

弱みにつけ込む卑怯さにフツフツと怒りがこみ上げるが、約束してしまったのは自分だ。

（すべては姫様と家族、人間界のため）

覚悟を決めたあと、ベアトリクスは体から力を抜いて横たわった。

「……好きにしてください」

「その言葉、素直に受け取るぞ」

嬉しそうに笑ったアバドンは、両手で彼女の肩に触れ、二の腕へと撫でる。

横を向いたベアトリクスは、何をされても感じるものかと己に言い聞かせた。

それを知ってか知らずか、アバドンはドレス越しに彼女の胸を包んだ。

デリケートな場所に触れられ、さすがにベアトリクスは体を強張らせる。

我慢していると、左右から集めるように乳房を揉まれる。

（えっ……？）

違和感を覚えてハッと自分の腹部に手をやると、きっちり締めていたはずのコルセットだけが、いつの間にかなくなっていた。

「ちょ……っ、ま……っ、ぁっ」

混乱したまま乳首をキュウッと摘まれ、変な声が漏れる。

「ドレス、邪魔だな」

呟いたアバドンが指を鳴らすと、純黒のウエディングドレスが、見えない刃に引き裂かれたように散り散りになってしまった。

「つな……っ！」

唖然《あぜん》としたベアトリクスの前で、黒い花びらのようになってしまったドレスの破片は、空気に溶けて消えた。

「……なん……」

(私が身につけていた物は何だったの⁉)

呆然としている彼女の首筋を、アバドンがネロリと舐めてきた。

「っ――ひ、ぅ」

反応してなるものかと思っていたのに、弱々しい声が漏れる。

「可愛い……。トリス、ずっと抱きたかった」

「――――っ」

耳元で彼が愛の言葉を囁き、ベアトリクスの胸の奥がギュッと切なくなった。

(相手が魔王でなければ……！)

ベアトリクスの心中を知らず、アバドンはうっとりした声で彼女の均整の取れた肢体を讃美《さんび》する。

「こんな美しい体を隠していたのか。あぁ……、ずっと見ていたい」

アバドンは両手でベアトリクスの胸を寄せ、嬉しそうに弾ませる。

男の節くれ立った大きな手が、自分の柔肉に食い込んでいるさまを見て、彼女は羞恥のあまり赤面した。

「う……っ、うぅ……」

女性扱いされた事のないベアトリクスは、必死に抵抗する。

「や……っ、やめてください！　わ、私は……っ」

起き上がって逃げだそうとするも、すぐ押し倒される。彼が直接乳房を揉もうとしたので、「嫌ですっ」と彼の手を叩き落とした。

「っいてっ」

思いきり手を叩かれ、アバドンは目を丸くする。だがすぐに「一筋縄ではいかないか」と不敵な笑みを浮かべると、再び指を鳴らした。

「っ⁉」

この短い時間で、ベアトリクスは彼が指を鳴らしたら魔法が発動すると学んだ。

警戒して身を強張らせていたが、思わぬ所から攻め手がやってきた。

「っきゃあっ⁉」

突如としてベッドの下から肉色の蛇のようなモノが伸び、ベアトリクスの手脚に巻き付いてきた。それは温もりがあり、かつ粘度があって気持ち悪い。

「な、何ですかぁっ⁉　これは‼」

「困った時の〝何でも触手くん〟だ」

「しょくしゅ⁉」

ダンジョンの奥に生息していると聞いているが、彼女は遭遇した事がない。

「は……っ、離してくださいっ」

「駄目だ。こうでもしないと逃げるじゃないか」

触手は螺旋《らせん》を描いて彼女の手脚に絡まり、身動き一つとれなくなる。力任せに振りほどこうとしても、触手は驚きの柔軟さと強靱《きょうじん》さを見せ、ビクともしない。

「だ、だからって……っ、ぁ、あ！」

抵抗できなくなったところ、アバドンは今度こそ彼女の乳房を揉み始めた。白く豊かな双丘を自由に弄び、色づいた先端を摘まれてベアトリクスは吐息を震わせる。

「なぁ、トリス。好きなんだ。お前の事しか考えられない」

アバドンはベアトリクスの首筋や胸元にキスをする。優しく口づけたかと思うと、チュウッときつく吸われた。

「好き……だ、なん、——て、ぁ、アッ」

反抗しようとしたが、乳首を指の腹でスリスリと撫でられ、もう片方を温かな口に含まれる。アバドンは乳輪に沿ってまるく舌を動かし、チュウッ、チュバッ、とわざと音を立てて吸い立てた。

「いや……っ、ぁ、そんな……っ、しないで……っ」

淫らな音を立てて吸われた乳首は、赤くぷっくりと勃ち上がった。アバドンは彼女が感じたと知ると嬉しそうに目を細め、さらにちゅうちゅうと吸ってくる。

「可愛い……、トリス。可愛い」

アバドンは熱に浮かされたような声で囁き、彼女の裸身をまさぐる。やがてその手はくびれた腰から引き締まった下腹部、そして太腿を撫でた。内腿の柔らかさをすべすべと確かめたあと、恥丘にあえかに生えた金色の茂みに到る。

「っひ――――ぁ、や、やぁっ、いやですっ」

「大丈夫だ。気持ちいいだけだから」

囁いた彼は、とうとうベアトリクスの最たる部分に触れてきた。

信じがたいが、そこは彼の愛撫によって潤い、撫でられただけでクチャリと淫猥《いんわい》な音を立てた。

(魔王なんかに感じたくないのに……っ)

必死に抵抗するが、触手はビクともしない。

その間もアバドンは秘唇を撫でて、濡れ具合を確かめていた。やがて蜜口を揉まれたあと、ツプリとアバドンの指が潜り込んできた。

「やぁ……っ！」

体を強張らせるベアトリクスに、アバドンは切なげな目を向ける。

「俺を受け入れてくれ。愛してるんだ」

「……っなら、この触手から解放してください！　自由を奪って『愛している』と言われても応える気持ちになれません！」

「それもそうか」

アバドンが頷いただけで、触手はあっけなく退散した。

ベアトリクスは白い肌をしっとりと汗で濡らし、潤んだ目で彼を力なく睨む。

「……抱くなら抱きなさい。……ですが、卑怯な力を使うのはナシです」

「……分かった。悪かった」

アバドンはベアトリクスの額にキスを落とし、切なげに笑う。

「すまない、気持ちが急いていた。ちゃんと俺自身がトリスを愛する」

愛しげに微笑んだアバドンは、再度彼女の蜜壺《みつつぼ》の中で指を蠢かせた。ふっくらと潤んだ膣壁《ちつへき》をなぞり、柔らかなそこを優しく押してくる。

「ふ……っ、ン、ぁ、あ……っ、あ」

チュクチュクと音を立てて蜜洞をまさぐられ、ベアトリクスは切ない声を上げた。

初めて得る性的快楽でボーッとしたなか、彼女はなぜアバドンが自分に「愛している」と言うのか考えた。

（この人が愛したのはイザベルなんでしょう？　生まれ変わりとはいえ別人で、彼を覚えてもいない私になぜ『愛している』と言うの？　魂がそんなに大切？　それにイザベルは彼をどう思っていたの？）

ベアトリクスはアバドンを拒まない代わり、両手でシーツを握り締めた。

だが考え事すら許さないというように、次々に悦楽の波濤《はとう》が彼女を襲ってくる。愛撫を受けて愛蜜の量は増し、秘所からはグチュグチュと憚《はばか》らない音が立っていた。

——このままではおかしくなってしまう。

こみ上げる感覚に混乱した彼女は、とっさに両手でアバドンの手首を握った。

「あ……っ、ぁ、や。……変っ、に、——なる、か、ら……っ、や、です……っ」

「トリス、『気持ちいい』だ。言ってみろ」

アバドンはキュッと彼女の乳首を摘まみ、妖艶に笑う。

（気持ちいいなんて言えない）

そう思っていたが、たっぷりと蜜を纏った親指が肉芽を捏《こ》ねてきた。

「っひぁあんっ！」

そこを弄られるとこれまで経験した事のない気持ちよさがベアトリクスを襲い、お腹の奥から脳天までヅンッと喜悦が駆け抜ける。

「気持ちいいなら素直に言うんだ」

包皮の上から淫玉をコリュコリュと捏ねられ、ベアトリクスは淫らな熱に炙《あぶ》られて腰を揺すりたてる。

「あ……っ、あぁんっ、ぁ、ア、やぁっ、そこ……っ、ぁ、コリコリしないで……っ」

彼女は金髪を乱して頭を振り、腰をくねらせて悦楽を表現した。

「気持ちいいだろう？　いやらしい蜜がたっぷり溢れて、甘い匂いがする。ほら、意地を張らないで『気持ちいい』と言ってみろ」

涙で潤んだ目を開けると、赤い目を色欲で彩らせたアバドンが愉しそうに笑っている。

彼は蜜洞をヌチュグチュと音を立てて擦り、親指で敏感になった淫玉を撫でた。

「ぁ……っ、あ、き、……もち……ぃっ、気持ちいい……っ！」

生まれて初めての快楽に陥落した聖騎士は、とうとうその言葉を口にした。その途端、体の奥で燻っていた熱が全身を包み、一気に感覚が鋭敏になった気がした。

普段は強い光を宿している青い目はトロンと潤み、その顔は真っ赤になっている。

半開きになった口からはピンク色の舌が覗き、唇の端からはタラリと透明な唾液が零れた。

「気持ちいい……っ、きもち、――ぁ、あー……、気持ちいい……っ」

特に淫玉をヌルヌルと撫でられるのが心地よく、ベアトリクスは腰を浮かせてカクカクとアバドンの手に秘部を押しつけた。

何も考えられなくなって膣肉をわななかせていると、アバドンにスルリと頬を撫でられキスをされた。

「ん……っむ、ふ……ぁ、ん、ちゅ……、ぁ、あ……っ」

下腹部からはジュボジュボと指が出入りする派手な水音が聞こえ、敏感な雌芯を何度も弾かれる。あまりに気持ちよく、ベアトリクスは彼の舌に吸い付いた。

今まではただ悶《もだ》えるしかできなかった。だがアバドンの舌を吸う事が、快楽から逃れるただ一つの手段と言わんばかりに積極的に舌を絡めた。

両手で彼をかき抱き、銀髪を撫でて逞しい背中に手を這わせる。

望んだ反応を見せるベアトリクスに、アバドンは満足げに目を細めてとろりと笑う。舌を絡め合った二人の唇の間には、いやらしい銀糸が引く。その間も蜜壺は太い指にグチャグチャと掻き混ぜられ、大きくなった淫玉を撫でられ続けた。

「あぁあ……っ、ぁ！　も……っ、許してっ、何か……、くる、の……っ」

体の奥底からゾクゾクとした愉悦がこみ上げ、それに身を任せたら自分が自分でなくなりそうで恐ろしい。だが――。

「その波を越えたら、一度休憩をやろう」

「あ……っ、もぉ……っ、うぅう……っ、うーっ」

意地悪な事を言われ、ベアトリクスはむずかる子供のように泣く。襲いくる淫悦から逃れようと、彼女は必死に体を揺さぶり両手でシーツを引っ掻いた。

「聖騎士殿は強情だな。ほら達ってしまえ。達け」

アバドンは悪辣な笑みを浮かべ、二本に増やした指で男根のようにズボズボと彼女を犯す。

「っっひぁあああぁ……っ‼」

激しく手を動かされ、なのに揃えられた指の腹は的確に彼女の弱点を擦りたてる。

さやから剝かれた淫玉はピチャピチャと叩かれ、ベアトリクスは吠《ほ》えるような声で喘《あえ》ぐ。

「っあぁ、あ！　――――っあぁあぁぁあぁっ！」

まるで体が白い炎に包まれて燃え上がったように感じ、彼女は未知の体験にガクガクと体を震わせる。

その奔流が全身を駆け抜けたあと、甘く重怠い感覚に浸されゆっくりと脱力した。

「は……っ、は、…………ぁ、…………あ……っ」

豊かな双丘を上下させ、ベアトリクスは涙を流しぐったりと体の力を抜く。

（魔王に達かされちゃった……）

罪悪感に駆られてアバドンを見ると、彼は指にたっぷりついた愛蜜を美味そうに舐めていた。

「やめて……、ください……」

弱々しい声を聞き、アバドンはニヤリと笑う。

「トリスの体液が必要だと言っただろう。お陰で随分と力が張ってきた。お前を抱くたびに力を取り戻せる気がする」

「そんな……」

いつものように抗議しようとしても、心身共にふにゃりとして元気が出ない。

アバドンは彼女の太腿を割り開き、これ以上なく昂《たかぶ》った怒張をヌルンッと秘唇に滑らせてきた。

「やぁ……っ」

今まで〝それ〟を目にしても、あえて見なかったふりを貫いていた。

幾ら魔王でも性器を話題にするのは失礼だし、淑女としてはしたない。

そう思って頑なに避けてきたものが、遠慮なくベアトリクスの花弁を擦る。

エラの張った雁首《かりくび》で敏感に勃起した淫玉を擦られるたび、彼女は大げさなまでに腰を跳ねさせた。

「擦らないでぇ……っ」

アバドンの肉棒《にくぼう》は先端から涎《よだれ》を垂らし、何度もベアトリクスの陰唇を擦る。

ヌルリとした質感の大きな亀頭の下、太竿《さお》には血管が浮いてグロテスクだ。その下の陰嚢もずっしりと重そうで、何もかも恐ろしい。

（こんなの入らない……っ）

顔を引きつらせたベアトリクスは、必死になって首を左右に振った。

「ちょ……っ、ま、待ってくださっ、こ、怖い……っ」

ベアトリクスは渾身の力でうつ伏せになり、必死に這いずって逃げようとする。

だが腰を摑まれるとズルズルと引き戻され、アバドンに耳元で囁かれた。

「〝約束〟は守るんだろう?」

臆病風に吹かれていたが、ハッとして自分の覚悟を思いだす。

「……い、痛くしないでください」

震える声で言った彼女の頭を、アバドンは優しく撫でた。

「善処する」

魔王らしからぬ優しさを感じるたび、憎みきれないと思ってしまう。

沈黙した彼女が了承したのだと察し、アバドンは彼女を仰向けにすると額にキスを落とした。

「入れるぞ」

彼は竿に手を添え、亀頭を蜜口に押し当てる。

「トリス、体の力を抜け」

目の奥に熱情を宿したアバドンが呟いたかと思うと、ゆっくり腰を進めてきた。

「……っい、た……っ、あ……」

粘膜を引き伸ばす感覚があり、苦しさと共に疼痛を覚える。

「ゆっくり息を吸って……、そう、吐いて……」

アバドンの声に従い、ベアトリクスは懸命に深呼吸をする。

息を吐いた時に彼は腰を進め、負担のないように肉棒を埋めていった。

アバドンは宥《なだ》めるように乳房や腹部を撫で、温かな手の感触に強張っていた体から、僅

かに力が抜ける。

やがて最奥をぐぅっと亀頭で押され、ベアトリクスは止めていた息を吐いた。

「あぁ……、気持ちいい。……愛してる」

陶酔した彼の囁きが、耳を通して頭の奥に染み入っていく。

まだお腹の奥はジクジクと痛むが、準備のできていない場所に無理矢理入れられるよりは、ずっとマシだろう。

「トリス」

名前を呼ばれ、ベアトリクスはクスンと鼻を鳴らして彼を抱き締める。

触れ合った場所から彼のぬくもりを知り、魔王なのにこんなに柔らかく温かい体をしているのだと再確認した。

小さく息を吸うと、微かな甘みの混じった深く官能的な香りが鼻腔《びくう》から肺を満たす。

掻き混ぜたアバドンの髪は、ツンツンとしたシルエットに似合わずサラサラとしていた。

(受け入れてしまった……)

敗北感を覚えて息をついた時、アバドンが呟いた。

「そろそろ……馴染んだか」

ベアトリクスにチュッとキスをしたあと、アバドンは上体を起こす。

そして彼女の乳房を揉みながら腰を揺らし始めた。

「ん……っ、ぁ、あぁ……」

巨大なモノがみっちりと体内に埋まり、膣肉をさざめかせる。

指より太い肉棒に翻弄され、ベアトリクスは上ずった声を上げた。

「う……っ、動かないでっ」

未知の感覚に悲鳴に似た声を上げるが、アバドンは「だーめ」と笑って両乳首をキュッと摘まんできた。

「っひぅ……っ」

「こっちのほうがいいか？」

ベアトリクスの反応と蜜壺の締め付けから、アバドンはそう言って結合部の蜜をすくい取ると、ヌチュヌチュと淫玉を撫でてきた。

「っきゃあぁぁっ」

雌の弱点をいじめられ、ベアトリクスは体をのけぞらせる。陰核を愛撫されながら腰を前後させられると、肉棒で得る感覚すら善いと感じてしまった。

「っだ、駄目っ！　気持ちいいの駄目ぇっ！」

ベアトリクスは首を振りたくるが、突き上げる腰の動きは少しずつスムーズになっていた。

「『駄目』じゃない。『気持ちいい』だろう？」

アバドンは蜜で濡れそぼった肉真珠を撫でながら、その裏側を雁首でゴリゴリと擦る。

「っひあぁあああっ！　……っそこ、やぁっ！」

ベアトリクスは涙を流し、柔らかくぐずついた蜜壷で彼の分身を締め上げた。

彼女は顔をグシャグシャにし、太竿と指とで二重に攻められて目を白黒させる。

アバドンが腰を振るたびにヌチュグチュと凄まじい水音が聞こえ、彼女は自分が淫らに濡らしていると知る。

何もかも恥ずかしく、そして恐ろしいまでに気持ちいい。

アバドンも言葉少なになり、彼女を穿《うが》つ腰が速まった。

パンパンという打擲《ちょうちゃく》音と、二人の荒い呼吸が寝室を満たしていく。

「あっ、あ、あっ、んっ、あっ、きもち……っ、やだっ、許してっ」

ベアトリクスは大きな乳房をブルブルと上下に揺らし、縋《すが》るように己を犯すアバドンを見つめる。エラの張った雁首に膣肉を擦られ、愛蜜で滑らかに前後するたび、唇から嬌声《きょうせい》が迸《ほとばし》った。

自然と腰が浮き、足の指でシーツをギュッと捕らえる。アバドンの動きに合わせて自ら腰を揺らしている事を、彼女は気付いていなかった。

「トリス……っ、気持ちいいっ、愛してる……っ」

アバドンは愛しげな目でベアトリクスを見つめ、乳房や髪を撫でてくる。

まるで本当に愛されていると錯覚しそうなほど、優しく抱かれていた。

「きも、ちぃ……っ、あ、あーっ、も、だめぇ……っ！」

今までで一番大きな波が迫っていた。ベアトリクスは涙を流し、必死にアバドンに縋るしかできない。脚がガクガクと震え、胸部を上下させて必死に呼吸を繰り返した。

「――――堕ちてしまえ」

アバドンの低い声が聞こえたあと、とどめと言わんばかりに勃起した淫玉を撫でられた。

「っっあぁぁあぁ――――っ、…………っぁ、――――あ、あ…………っ」

頭の中が白く塗りつぶされ、ベアトリクスは激しく体を痙攣《けいれん》させて声を迸らせた。

自分がどれだけの嬌態を晒し、アバドンの背中に爪を立てているか自覚できない。あまりの気持ちよさに、小さな孔からプシャッと愛潮を飛ばした事すら分からずにいた。

「……トリスっ」

アバドンは低くうなってベアトリクスを抱き締め、最奥まで腰を突き入れ胴震いした。

体内でビクビクと彼の分身が跳ね、熱い飛沫《ひまつ》を最奥に浴びせる。

――もう、無理……。

そう思ったあと、意識は闇に引き込まれた。


「……堕ちたか」

最後の一滴まで精を放ったアバドンは、気を失ったベアトリクスを見下ろして呟く。

そのあと、ようやく屹立《きつりつ》を引き抜いた。

グポッと音を立てて愛蜜で濡れた肉棒を引き抜いたあと、彼女の小さな孔がクパリと開いているのを見て舌なめずりする。

（キスをして、蜜を舐めたら本当に力が戻ってきたな。彼女の皮膚に触っただけで魔力が戻っているのが分かる。……だが本来の力にはほど遠い。やはりトリスに愛されなければ……）

「勿体ない」

呟いて、アバドンはベアトリクスの汗を舐め始めた。

「……はぁ、おいし」

丹念に汗を舐めたあと、アバドンは彼女の腰の下にクッションを挟んで脚を開かせた。

そして己の白濁を注いだにも拘らず、ためらいなく彼女の秘所にしゃぶりつく。

そのまま満足いくまで愛しい女を味わうと、ゴロリと寝転び目を閉じた。

第三章　魔王の意外な顔

いつも規則正しい生活を送っているベアトリクスの目覚めは、スカッと爽快だ。

なのに今は疲れ切っていて体が重たい。寝返りを打つのも一苦労だ。

目を開いて自分が天蓋付きベッドで寝ている事を理解するが、ここが〝どこ〟なのかすぐ理解できない。

うっすらとした記憶では、シャルロッテともども魔物に攫《さら》われ、魔王の花嫁になった……ような気がするが、夢だったのではと思った。

魔王に抱かれて善がった気もするが、それも夢であってほしい。

「だって……いない、ものね」

自分の隣には誰も寝ていない。広すぎるベッドがあり、帳に包まれているだけだ。

（じゃあ、ここはどこ？）

タウンハウスの寝室でもなく、王宮にある侍女の部屋でもない。

「……誰かいますか？」

誰何したが、返事はない。

（……喉が痛い……）

思い当たるのは、魔王に組み敷かれて喘がされた〝夢〟だ。

（あれは現実だったの？　……だとしたらここは魔王の城？　……確かめなければ）

ベアトリクスは起き上がり、身につける物を探そうとしたが何もない。

（そういえば夢ではドレスをビリビリに裂かれていたわ）

溜め息をついた直後、体中にうっ血した痕が点々とあるのを見つけ、ギョッとした。

もし魔王に抱かれたのが現実なら、キスマーク、という事になる。

なるべく深く考えないようにし、ベアトリクスはシーツを体に巻き付けると帳を開いた。

目に入ったのはダークカラーを基調とした寝室だ。

不思議な明るさを覚えて窓を見ると、カーテンが開いていて外が見えた。

昨晩抱かれたのが仮に夜だとして、体感では午前中だ。昼間であるはずなのに、空がラベンダー色をしている事に疑問を覚える。

「……朝焼け？　……それとも夕焼け？」

時計がないか確認しようとしたが、どうやら室内にはないようだ。時間が分からなくなると、当然不安になる。

窓を開けてみようとしたが、鍵が掛かっているようで開かない。

「……外へ行ってみるしかないみたいね」

夢だと思っていた事が現実だとして、ベアトリクスが身につけていた装備は、彼女の部屋にあるはずだ。だがそこまでの道のりが分からない。

「……ダンジョン探検は久しぶりね」

シーツを巻き付けただけの姿だが、ベアトリクスは表情を引き締めてドアを開けた。

長い廊下が左右に続き、突き当たりが見えない。ドアが幾つもあり、さらに曲がり角が沢山あって迷宮のようだ。

（人間界の城と似たような構造だと信じたい）

「まず下り階段を見つけなければ。左手法……と」

ベアトリクスは部屋を出て右を向き、左側の壁に手をつけて歩き始める。

歩きながら、彼女は昨晩の事に思いを馳《は》せた。

夢だと思いたかったが、歩くと秘所に違和感があり、〝あれ〟はどうやら本当に起こった事だと認めなければならないようだ。

（不覚……っ）

シャルロッテと人間界のためと思って受け入れたものの、あんなに感じて喘がされると思わなかった。そのあとぐっすりと寝ていたのも情けない。

城内は不気味なほど静まりかえっていて、ドアから何が出てくるか分からない。

ベアトリクスの鼓動は速まり、衣擦れの音が響く事が緊張を高める。

「あった」

ようやく階段を見つけたベアトリクスは歓喜した。

裸足だが構わず小走りになり、階下に向かおうとする。

だが階段を駆け下りる途中、突然目の前の踊り場に赤い魔方陣が浮かび上がった。

「え……っ」

ギョッとして身構えると、見覚えのあるニュルニュルが伸びてくる。アバドンの寝室で見た触手と酷似していると思った時には、逃げる間もなくそれに捕われていた。

「ちょ……っ、は、離しなさい！」

『これは〝何でも触手くん〟だ』

不意にアバドンの言葉を思いだし、思い切り舌打ちしたくなった。

(忘れてた……！　あれは移動するの？　私が逃げたと思って追いかけてきた⁉)

暴れている間も、触手はベアトリクスの体から器用にシーツを剝ぎ取った。

「こら！　やめなさい！」

一糸纏わぬ姿になったベアトリクスは、触手を相手に赤面して怒鳴る。

が、触手はつま先からふくらはぎ、太腿と、螺旋を描いて這い上がってきた。

「こら！　ちょっと……っ、や、やめて！」

藻掻く間に、腕も同様に搦《から》め捕られて空中に吊り上げられてしまった。

触手はまるで人間の手のように、ベアトリクスの乳房をつついてくる。

「いやっ、ちょ……っ、も、もうっ」

先端を男根と似た形状に変化させた触手が、ツンツンと蜜口をつついてきた時には

「ひぃっ」と悲鳴が漏れた。

「やだぁっ……やだっ、やめて！　やめなさい！」

抵抗も空しく、細い触手の先端がカパッと開いて彼女の乳首に吸い付いた。

その中には蠢くつぶつぶがあり、乳首をしゃぶられて昨晩の快楽を思いだす。

同様に肉芽にも吸い付かれ、彼女はビクビクッと体を跳ねさせた。

「っっ――だめぇえええっ……ぁ、あっ」

悲鳴を迸らせた時、ズブリと触手が蜜壺に侵入した。

初めて体を許した相手が魔王で、二度目に彼女を奪ったのは触手だ。

（こんなの酷すぎる……っ！）

必死に暴れて逃れようとするが、触手はビクともしない。昨晩アバドンに抱かれた事により、ベアトリクスの蜜壺は柔らかく潤んだままだった。そこをズボズボと犯され、さらには後孔にまで細い触手が侵入し、彼女の尊厳を奪っていく。

乳房を揉まれ、耳の輪郭をなぞられて情けない悲鳴が漏れる。むっちりとした尻たぶや太腿にも触手が絡み、ベアトリクスは空中で大きく脚を開いた格好で悶え抜く。

終わりのない責め苦に気が遠くなりかけた時――、人の声がした。

「逃げようとするからだ」

必死に目を開けると、アバドンが階段を上がってくるところだ。

「ア、アバドン……ッ、助けてくださいっ！」

彼は軍服のポケットに手を入れ、じっとこちらを見上げている。

触手はベアトリクスをアバドンに差しだすように動き、二人は顔をつきあわせる。

「結婚したのに、初夜の翌朝から逃げようとするのか？　聖騎士様の約束はその程度か？」

昨日はあれだけ明るかった彼が、剣呑な目で言う。魔王になんてどう思われてもいいはずなのに、ベアトリクスの胸にズキッと鈍い痛みが走った。

「ち……っ、違います！　私は……」

「逃げようとしたのは変わらないだろう」

静かな声の奥にアバドンの激しい憤怒を感じる。

彼はベアトリクスの前までくると、彼女の顎を手で摑《つか》む。

（攻撃される？　殺される……？）

その間も触手によって苛まれているので、ベアトリクスは大きく息を弾ませながら必死にアバドンを見つめ返す。

が、彼はトラウザーズの前を寛がせた。その途端、ブルンッと硬く勃起した肉棒が飛びでる。

何も言わずともベアトリクスの蜜壺を犯していた触手が抜け、小さな孔が閉じきらないうちに、ドチュンッとアバドンの肉槍《にくやり》が突き立てられた。

「っあぁあうっ」

軟らかくなった場所で硬い雄茎がズボズボと前後し、ベアトリクスは嬌声を上げて瞬く

間に凄まじい喜悦を得る。後孔には触手が入ったままで、二つの孔を犯されたベアトリクスは悶え抜く。

「あぁあぁあっ、うぅっ、うあぁあっ、あーっ！」

アバドンはベアトリクスの弱点を何度も執拗《しつよう》に突き上げた。すぐ何も考えられなくなった彼女は、ピュッピュッと愛潮を漏らしながら快楽の坩堝《るつぼ》をさまよう。

触手に捕われたまま、前後の孔を犯される。信じがたい状況に加えてアバドンにドチュドチュと犯されて、彼女はすぐに気を失ってしまった。

＊＊

……ウゥゥ…………と、何か獣の低いうなり声が聞こえる。

ベアトリクスはゆっくり目を開き、自分がまたベッドに寝かされているのを知る。

身じろぎして自身を確認すると、ネグリジェを着せられていた。

天蓋から垂れる帳は開かれていて、暗い寝室が目に入る。

最低限の明かりはあるが、照明が役に立っていないように暗い。まるで黒い霞《かすみ》に包まれているようだ。

「私……」

呟きながらゆっくり身を起こした時、「お目覚めですか？」と声を掛けられてビクッとした。

「だ、誰ですか？」

尋ねた時、闇の奥から静かな足音がし、ゆらりと揺れる赤い火が見えた。

姿を現したのはシェムハザだ。

「シェムハザさん……」

「痛い所はございませんか？」

彼の尻尾が動き、二人の間をランプのように照らす。火が燃えているのに、不思議と熱さや「焼かれるかも」という恐怖は感じなかった。

尋ねられて、自分が階段でアバドンと触手に犯されたと思いだした。

「……少し……、怠いですが大丈夫です」

こう尋ねるという事は、シェムハザは何が起こったのか知っているのだろう。多少の気まずさを覚えて答えると、彼は淡々と言う。

「触手は陛下の体の一部ではありますが、あそこまで知能は行き届いていません。お体を痛めませんでしたか？」

痛める事も何も、まだ性行為は二度目だというのに前後の孔に入れられてしまった。

普通は痛くて堪らないのだろうが、気持ちいいだけだった。恐らくまた魔法を使われていたのだろう。

とはいえ、そんな事恥ずかしくて言えない。

「……い、いえ……。怪我は負ってはいません」

「それはようございました」

「あれがアバドンの体の一部とは、どういう事ですか？　彼の本当の姿の一部、という事でしょうか？」

　人間の姿が仮初めのものだろうという事は、何となく分かっている。本当は小山ほどある巨体の化け物だと言われても、驚かない覚悟はある。

「いえ。陛下のナニの権化のようなものです」

「は……？」

　耳を疑う事を言われ、ベアトリクスは固まった。

「ご理解頂けませんでしたか？　あの触手は陛下のちん……」

「わぁあああぁぁあぁっ‼」

　ベアトリクスはとっさに大きな声を上げ、シェムハザの発言を遮った。

「分かった！　分かりました！　皆まで言わずとも大丈夫です」

「なお、陛下の男性器がニョロニョロしているのではありません。……いえ、やろうと思えば何本でも生やせるでしょうけど。ソフトな言い方をすると、陛下の〝雫《しずく》〟に魔力が宿って生まれた……と言えばいいでしょうか」

　よもや精液から触手が生まれるとは……と思った直後、ベアトリクスはバッと腹部を押さえた。初夜でアバドンに精を注がれたので、もしかしたら自分の腹を食い破って触手が……と、恐ろしい想像をしたからだ。

「いえ、それは大丈夫です」

シェムハザの言葉を聞き、ベアトリクスは深く安堵の息をついた。

その時また、…………ウゥゥウゥ…………という地鳴りのような音がした。

今度こそしっかりと聞こえた城のうなり声は、聞く者を不安にさせる。

「この音は何ですか？」

「陛下の溜め息……と言いますか、嘆きと言いますか」

「……また、規模の大きい迷惑さですね」

（溜め息ぐらい静かにつけないのかしら）

心の中で突っ込みを入れ、ベアトリクスはベッドから下りた。

足元には刺繡《ししゅう》が施された可愛らしい絹の靴があり、ありがたくそれを履いた。

「こちらをどうぞ」

どこから出したのか、シェムハザが薄いピンク色のショールを肩に掛けてくる。

「ありがとうございます」

ショールは肌触りが良く、軽くて温かい。

「もしご立腹でなければ、陛下をお慰め頂けたらと思うのですが」

シェムハザの申し出に、ベアトリクスは触手攻めを思いだして溜息をついた。

「……私は逃げたつもりはなかったのです。目が覚めたら空が紫色で、朝か夕方か分かりませんでした。魔族はあまり時間を気にしないかもしれません。ですが人間は寝て起きた時、何時なのか気にするものです。だから私はもっと広い場所にいけたら、何か分かるのではと思っただけなのです」

「……なるほど」

シェムハザは顎に手をやり一つ頷いた。

「いえ、私は逃げたと思っていなかったのですけれどね。陛下は恋愛下手で余裕がありません。まるで童貞です。言動も行動も童貞臭いです。ベアトリクス様が逃げるかと思って、あんな行動をとった事の言い逃れもできません。……ですが人間の価値観について、私も初耳の事が多いです。陛下にも配慮して頂くよう進言します」

シェムハザはアバドンを童貞呼ばわりしながらも、理解を示してくれる。

「ありがとうございます」

(この人は私たち二人を冷静に見る立場にあるから、アバドンより話が通じるかもしれないわ)

そう思った時、シェムハザがゆっくり歩き始めた。

「どうぞいらしてください」

いざなわれ、ベアトリクスは彼についていく。

寝室を出ると廊下は暗く、魔法の明かりはついているのに、空気そのものがズシリと重たい。

それを指摘すると、シェムハザが頷いた。

「現状、魔界そのものが大きな渦に巻き込まれ、私も地に伏せてしまいたくなるぐらいの圧迫感を得ています。頭痛が酷いですね……。力の弱い魔族なら生命すら脅かされているでしょう。上位魔族でも寝込むでしょうね。私がこうして歩いていられるのは、慣れと気合いです」

「そんなに⁉」

ベアトリクスは空気が暗くて重い気がする……と感じただけだが、まさか魔族にそんな影響を及ぼしていると思っていなかった。心配する義理はないが、アバドンの落ち込みだけで命を落とす魔族が哀れだ。

「やはり、私が逃げようとしたから怒っているんですか？」

（どれだけ怒られるのかしら）

考えるだけで気が重たく、無意識に息をつく。

「いいえ、我を失った自分のふがいなさに落ち込まれています。あれでも陛下は、ご自身が魔界を統べる大いなる存在だと自覚されています。本来なら人間一人に感情を乱す訳にいかないのです。百獣の王が、己の体を這うアリを気にしないのと同じです」

アリ呼ばわりされて、ベアトリクスは黙る。が、すぐ気を取り直した。

「面倒な人ですね。それなら私の事など放っておけば良いのに」

「……それができれば苦労はないのでしょう。私には理解できない感情ですが、陛下はべアトリクス様しか目に入っていないのですから」

二人は暗い廊下を、シェムハザの尻尾の明かりを頼りに進んでいく。

「ベアトリクス様が陛下をどう思われていようが、陛下はあなたの夫で、あなただけを深く愛している哀れな男です。可哀想と思うなら、慰めて差し上げてください」

階段を下り、廊下を少し進んだ所でシェムハザが立ち止まった。

「ここが執務室です。結婚式と初夜は大目に見ましたが、馬車馬のように働いて頂こうと思ったのですけれどねぇ……。このように落ち込まれていては、仕事も捗りません。ですから、宜しくお願い致します」

どうやらシェムハザは、アバドンを心配しているのではなく、働いてほしいだけらしい。

(……この人らしいわ)

ふ……っと笑ったあと、ベアトリクスは扉の前から声を掛けた。

「アバドン？　入っても大丈夫ですか？」

重厚な扉の向こうから、とてつもない重力を感じた。正直怖い。

アバドンが早とちりしたのが一番悪いとしても、自分が勝手に行動したのも少し悪い気がする。だからとても面倒くさいが、慰めなければと思った。

呼びかけてから一拍置いて、重たそうな扉がゆっくり開いた。

人ひとり通れる隙間を通り、彼女は室内に入る。

執務室は真っ暗で、どう進んでいいか分からない。困って立ち尽くしていると、ホウ……と足元が淡く光った。

その光は点々と奥へ続き、ベアトリクスをいざなっている。

「アバドン？　行きますよ」

光に導かれて奥に進むと、ベッドの上に体がビリビリするほどの圧迫感がある、闇の塊があった。よく見ると人の形をしている。

（物凄い重たさだわ）

その塊を見ているだけで、すべての感情が暗く壊死して、体までも吸い込まれそうな感覚に陥る。

だがそれが彼の重たい感情なのだと思うと、呆れて溜め息しか出ない。

「落ち込んでいるのは分かりましたから、この変な圧力をやめてください。苦しいです」

きっぱり言うと、途端に重苦しさが軽くなった。

心なしか、部屋を満たす闇も薄らいだ気がする。

「……トリス」

黒い塊から闇の膜が一枚剝がれ、軍服姿のアバドンが見えた。

図体が大きいくせに膝を抱えて拗ねているので、ベアトリクスは呆れて笑う。

「あんな目に遭わされた私こそ、泣きたいのですからね」

溜め息をついて彼の隣に座ると、アバドンが腰に抱きついてくる。その行動も子供っぽくて、怒るに怒れない。

「すまん」

彼はボソッと謝る。

「あれが〝何〟かは聞きました。いいですか？　二度とあれを使わないでください。あなたの一部だろうが、触手と結婚した覚えはありません。あなたに気を許した訳ではありませんが、夫以外のモノに貫かれたくありません」

ビシッと釘《くぎ》を刺すと、アバドンがもう一度謝る。

「すまん。もうしない」

そのあと、彼は顔を上げて遠慮がちに笑う。

「何ですか」

「〝夫〟って言ってくれた」

その顔が嬉しそうなので、腹が立ったベアトリクスは彼の耳を引っ張った。

「私は時刻を確かめたかっただけです。シーツ一枚巻き付けた姿で逃げると思いましたか？　そんな事をしたらただの痴女ですよ」

「すまん。シェムハザにも『バカですね』と言われた」

一応誤解は解けていたようなので、それ以上は追求しないでおこうと思った。

気持ちを切り替え、一つ息をつく。

「一つ確認したいのですが、……非常にデリケートな事です」

およそ淑女が口にする事ではないので、ベアトリクスは少し赤面している。

「なんだ？」

「……さっ、……昨晩、私たちは最後までしてしまいました。〝勝負〟がつくまで私はあなたに服従するつもりはありません」

「ああ、確かに」

アバドンはベアトリクスが何を言いたいのか分からないようで、目を瞬かせる。

「……っ卑怯じゃないですか！」

「えっ？」

いきなり卑怯と言われ、アバドンは目を丸くする。

「〜〜〜〜っ、あなた、中に出したじゃないですか！　もし身ごもったら勝負どころではなく、既成事実を作られた事になります！　卑怯な真似はしないと言っておきながら……っ」

真っ赤になって怒るベアトリクスの両手を、アバドンは優しく握った。

「すまん、落ち着いてくれ。説明しなかった俺が悪かった」

「……説明とは？」

ベアトリクスは不審げに彼を見る。

「あー、確かに中に出した。だがトリスが言ったように、勝負がつくまで卑怯な真似はしないと言ったのに、孕《はら》ませるのは良くない」

一応理解していたようで、彼女は乱暴に溜め息をつく。

「俺は一応人間の姿をしているが、〝中身〟まで人間と同じ構造ではないんだ。トリスを抱こうと思えば、勃起して射精する。だがその体液に精子は存在しない」

「不能なのですか？」

一気に気の毒そうな表情になったベアトリクスを見て、アバドンはガクッと項垂れる。

「うーん、その気になれば孕ませる事はできる。人間とは違う仕組みでだけどな。だが、勝負をしている間はしない。それは信じてほしい」

説明され、ベアトリクスはまた大きな溜め息をつく。

「……魔王など信じたくありませんが、仕方がないでしょう。一年の間、妻役を承諾した私にも非はあります。一時的にでも夫婦ごっこをする義務があるなら、受け入れます。……ですが、絶対に約束ですからね！　破ったら軽蔑しますからね！」

アバドンを指さして念を押すと、彼は腹が立つほどいい笑顔でビシッと親指を立てた。

「任せとけ！」

（……不安しかない）

眉間に深く刻まれた皺《しわ》を揉みながら、ベアトリクスは何度目になるか分からない溜め息をつく。

ここは魔界で、自分は魔王の城にいて、彼の言う事を信じるしかできない。

己の無力さを感じつつ、不本意ながら魔王の言葉を信頼する事にした。

「……もう一つ、質問というかお願いがあるのですが」

「何だ？」

〝お願い〟と聞いて、アバドンは笑顔になる。

「時計が欲しいです。私は規則正しい生活を心がけています。魔族は時間を気にしなくても、私は気にします。自分で定めた決まり事を、やすやすと破りたくないのです。だらけた生活を送って身も心もだらしなくなるのは嫌ですし、寝不足や寝過ぎでも人間はたやすく体調を崩します」

「分かった」

頷いたアバドンは、空中からシャランと金鎖の時計を出した。

「懐中時計だが、首からも下げられるようになっている」

そう言って彼は、ベアトリクスの首にペンダント状の時計をかける。

「ありがとうございます」

繊細な透かし模様がある蓋を開くと、文字盤の内側を十二粒のルビー、外側をサファイアが囲んでいる。秒針の先にはダイヤモンドが輝き、長針と短針の先にもサファイアがついていた。

どうやらサファイアが午前を示し、ルビーが午後となっているようだ。短針の先についている宝石は、時刻が変わると色を変えるらしい。

「ありがとうございます。大切にしますね」

お礼を言うと、アバドンの表情がパアァッと明るくなった。闇が一気に晴れ、息苦しさも完全になくなった。

(なんて単純な)

呆れると同時に、不本意だがほんの少し笑ってしまう。

(どうしてここまで私を想うのかしら? イザベルに重ねているからって……)

本当は前の女を追いかけているだけだと思うと、胸の奥がモヤッとする。

同時に、三百年も前に亡くなった女性を追い続けている彼を哀れに感じた。

「体は大丈夫か?」

「今さらですね。問題ありません。……多少疲れていますが」

「触手はもう使わないと約束する。……でも〝夫〟ならいいか?」

そう言って彼はニコニコする。よほど夫呼びが気に入ったらしい。

「……仕方がないですね。契約期間だけの関係ですよ。私が勝ったら約束通り、清い体にしてくださいね」

「分かってる」

明るくなった執務室を見回すと、デスクの上に大量の書類があった。

「……意外とまじめに仕事をしていたのですね?」

「……一応魔王だし。三百年も眠っていたら、それなりに仕事が溜まる」

「…… 〝それなり〟の量ではないと思いますが」

書類はデスクの上のみならず、デスク脇に置かれたワゴン数十台にわたっている。

ひと山は天を衝かんばかりで、崩れないのが不思議なくらいだ。

「一応まじめに魔王をやってる。面倒でも、俺が民の面倒を見なければいけない」

ふざけた男だと思っていたが、意外な一面を知る。王である自覚もあるようで、本当はベアトリクスが思っている以上に有能なのかもしれない。

（ただの変態だと思っていたけれど、仮初めの夫婦になるなら、じっくり見極めなければ）

アバドンの機嫌が直ったので、その夜はもう休む事にした。

彼は部屋まで送ってくれ、一緒に寝たいと言い始める。

だがニコニコしたシェムハザが現れ、「仕事です」と、彼を引きずっていった。

＊＊

「今日は公務があるんだ」

翌日、広々とした朝食室で豪華な朝食をとっていた時、向かいに座っていたアバドンが言った。

朝食は焼きたてパンに、オムレツやボイルされたソーセージ、カリッと焼いたベーコン。トマトで煮込まれた豆にマッシュルームのオイル煮。

加えて新鮮な生野菜に美味しいソースがかかっていて、ベアトリクスは旺盛な食欲でそれらを平らげていく。

食べ物は魔力でできた不思議物質らしいが、味や栄養価は本物と遜色ないらしい。

小難しい事を考える前に口に入れてみると、とんでもなく美味しかったので、そのまま食べ進めた。

「公務？　魔王としてのお仕事ですか？」

「魔王として一番重要な役割は、魔力供給する事だ。だが三百年動けずにいて、民がどのような状況になっているか、確認しなければいけない。報告書はシェムハザが用意してくれたから、昨日あらかた目を通したんだが」

「シェムハザさん。アバドンって仕事ができるのですか？」

そう尋ねると、魔王が「ひどい」とぶーたれた。

「陛下はとても有能ですよ。魔界一巨大な力を持ち、鬼のような書類を右から左へ。部下という部下から慕われ、魔王城は〝魔界で最も働きたい場所〟として……」

「おい、おい。ちょっと待て。そこまでハードルを上げるな」

アバドンが飲みかけたオレンジジュースに噎《む》せ、ベアトリクスは思わず笑う。

「とはいえ、気配り政治をして慕われているのは事実です」

「そうなのですね」

そう聞いて意外に思った。魔界に君臨する魔王と言えば、力で支配していると思っていたからだ。いや、そもそも政治という概念があった事に驚いたが。

「私もついていってもいいですか？　単純に魔界という場所に興味があります。ずっと紫色な空も外で見てみたいですし」

「いいぞ。魔王妃としての、初めての公務だな」

ベアトリクスの提案を、アバドンはニカッと笑って受け入れた。

それから私室で動きやすいドレスに着替え、迎えに来たアバドンとシェムハザと共に城の外へ向かった。

＊＊

城の廊下を進み、小部屋に入ると妙な浮遊感を覚える。

「この小部屋は何ですか？」

「魔王城の最上階から最下層まで、上下に移動できる便利な箱だ。魔力を動力源としているが、トリスも使えるように改良しておこう」

「ありがとうございます。……という事は、城の中を歩いてもいいのですか？」

「ああ。『逃げない』と約束してくれたから信じる。シェムハザに『籠の鳥にすれば、自由を求めますよ』と言われたからじゃない。絶対違う」

あまりに素直すぎるアバドンの返事に、ベアトリクスは首を傾げる。

（嘘《うそ》をつけないのかしら？　魔王と言えば人間を騙《だま》して、契約を破らせ、魂を狩る存在と思っていたけれど……）

考えているうちに、小部屋は目的地に着いた。

小部屋のドアが開くと、吹き抜けになっているホールがあった。見上げるほど高い天井はガラスのドームになっていて、紫色の空や外の景色が見える。

初めてまともに魔界の大自然（？）を目にして、ベアトリクスは仰天した。

「えぇっ⁉　島が浮いてる⁉」

空には巨大な島が浮かび、ゆっくりと移動していた。

地面には奇妙な木々が生えていて、やたらカラフルな幹にピンクや紫の葉をつけていた。妙な形の実もなっていたが、絶対食べるものかと思った。

「魔界には二つの浮遊大陸と二十四の浮島がある。昔は魔王城に近い土地に住めば上質な魔力を得られるといわれ、この付近は高級エリアとなっていた。だが騒がしいのは苦手だから、皆平等にしようと思って島や大陸を作って浮かばせて、決まったルートで魔界を巡らせている」

「へぇぇ……」

ベアトリクスは呆けた返事しかできず、とりあえず周囲の景色を見る。

何もかも常識外れでついていくのに精一杯だ。

煩わしいからといって、土地ごと空に浮かべるなど、発想すらした事がない。

「人口が増えればまた新しい浮島を作ればいい。空は広くて限りがないし、いい案だと思っている。まぁ、好きで地上に住んでいる者もいるけどな」

「はぁ……」

とりあえず、アバドンが民のために色々しているのは分かった。

「さて、城の外に出るぞ。注意しておくが、俺から離れないように。魔界は瘴気で満ちていて、浴びすぎると魔族になる。きちんと転生せず魔族になると、下位魔族になってしまうから気をつけろ」

そう言われ、ベアトリクスはギクッとする。

「アバドンが発する魔力が瘴気なのでしょう？　私、あなたの側にいますよね？」

思わず後ずさった彼女の手を、アバドンはギュッと握る。

「自分が出した瘴気を中和させられるのは俺だけだ。だから側にいろっていう事」

「なるほど」

頷いた時、シェムハザが尋ねた。

「陛下、移動手段はどうしましょうか」

「そうだな……。トリスに高速飛行や転移魔法は酷だよな」

聞いただけで、ベアトリクスはブンブンと首を横に振る。

「じゃあ、馬車の形態にするか」

アバドンの思いつきに、シェムハザが頷いた。

「名案でございます。馬車は創るとして、馬は……、バイコーンで良いでしょう」

外に出ると、シェムハザが手を指揮者のように振り始めた。

すると地面が隆起して、あっという間に優美な馬車になっていく。

黒い車体に金色の装飾がある見事な馬車で、ベアトリクスは思わず感嘆の息をつく。

続いてシェムハザが指笛を鳴らすと、六頭の馬……の姿をした魔族が天の彼方から駆けてきた。伝説に聞くユニコーンに似ているが、こちらは角が二つある上に体が黒い。

しげしげと観察していると、バイコーンが胸元にぐいぐいと鼻先を押しつけてくる。

「ちょ……っ」

「待てぇい！」

アバドンがバイコーンの鼻面をッパーン！　と叩いた。たじろいだバイコーンは後ずさるが、名残惜しげにベアトリクスに近づこうとしている。

「ひしょっ……」

「こいつらは非処女が大好きなんだ」

いきなりな事を言われ、ベアトリクスはカァッと赤面した。

「人がいる前で、そんな事を言わなくてもいいじゃないですか！」

「いや、事実だし」

二人を無視し、シェムハザが馬車を示した。

「私が御者をしますので、馬車にお乗りください」

「は、はい」

ベアトリクスはバイコーンから逃げるように、ステップを踏んで馬車に乗る。

馬車の中は豪奢で美しく、深紅のシートや光沢のある木製の窓枠、天井からは小さなシャンデリアまで下がっていた。書き物ができる簡易テーブルや、ペンやインクなどが入った引き出しもある。

見とれていると馬車が動きだし、滑るように走ったかと思うとフワッと宙に浮いた。

「わ……っ、わぁ！　浮いてます！」

とっさに手すりに摑まると、アバドンが愉快そうに言う。

「人間界にいるバイコーンは、魔王《おれ》から遠い場所にいるから歩いて移動する。だが魔界にいれば魔力を浴び放題で元気ハツラツ。空も飛べる」

「で……でたらめですね」

「窮屈な決まりがある人間界に比べたら、とても自由なだけだ」

どこまでも広がる不思議な景色を見ながら、ベアトリクスはずっと考えていた事を尋ねた。

「……思っていたのですが、あなたはイザベルを憎んでいないのですか？」

「ん？」

「あなたは彼女の血によって封じられたのでしょう？　自分を封じた相手なら憎く思うのでは？　幾ら魂が綺麗だという理由でも、納得いきません」

彼女の質問を聞き、アバドンは遠くを見て微笑む。

「あいつに気に入られるほど純粋な魂って、堕ちるのもたやすいんだよなぁ」

「………?」

アバドンの言葉が理解できず、ベアトリクスは首をひねる。

それ以上アバドンは何も言わないので、意味を考えながら見つめていたが、不意にこちらを見た彼とばっちり目が合ってしまう。

恥ずかしくなったベアトリクスは、目を逸らして窓の外を見た。

そして自分の気持ちの変化に戸惑う。

(……どうして目が合っただけで、こんな気持ちになるのかしら)

不思議に思うものの、それ以上深く考えたら望まない答えにたどり着きそうだ。

なので、何も考えずでたらめな魔界を見て時間を潰す事にした。

＊＊

馬車は文字通り飛ぶように進み、ほぼ衝撃なく着地した。

「下りるぞ。一か所目は人魚の入り江だ」

「人魚……」

アバドンに手を借りて馬車を降ると、周囲は霧に包まれた岩場だった。潮の匂いがし、女性の話し声や笑い声、何かがパシャンと水を打つ音がする。

「人魚って、男性を歌声と容姿で惑わせ、水に引きずり込むという……」

「んー、人間の解釈だとそうなるのかな」

アバドンは入り江に近付き、「俺だ。長はいるか？」と声を張り上げた。

すると、岩の間の海面から水音を立てて美しい女性が顔を出した。

ベアトリクスも見惚れるほどの美女で、白い肌に貼り付いた黒髪が艶めかしい。

「よくぞ三百年の眠りよりお戻りになられました。我ら一族、陛下の復活を心よりお祝い申し上げます」

豊満な胸元に手を当てた人魚の長は、水中でお辞儀をしてから、ザバッと水音を立てて岩場に座った。

その反動で豊かな乳房がブルンッと揺れ、薄桃色の先端までしっかり見えてしまう。

くびれた腰の下は鱗に覆われ魚の尾となっているが、女性なのは変わりない。

女性は肌を隠すものだと思っているベアトリクスは、激しく動揺した。

「わ……っ、わぁっ！」

同時にアバドンが彼女を見ていると気づき、バンッと彼の目元を両手で押さえた。

「目ェえっ‼」

掌底で眼球を押され、アバドンが悲鳴を上げる。

「見てはいけません！　女性の敵！　助平！」

なぜそんな反応をしたのか分からないが、とにかくアバドンに女性の肌を見せたくなかった。

人魚の長はベアトリクスの動揺を気にせず、ドレス越しに脚に触れてきた。

「うふふ……。とても綺麗な魂をしているわ。美味しそう……。側に置いているだけでも、無限の魔力を得られそうね」

魂の話をされ、おまけに「美味しそう」と言われてベアトリクスは困惑する。

「こらっ！　トリスは俺の妻だ！　もう初夜も済ませてるんだから、狙ったら怒るぞ！」

目を塞がれたままという威厳のない姿で、アバドンがぷんぷんと怒る。

「初夜を済ませたとか言わないでくださいっ！」

ドンッとアバドンの足を踏むと、彼が「いてぇっ！」と悲鳴を上げた。

「そ、それで長。最近の様子はどうだ？」

いまだベアトリクスに両目を塞がれたまま、アバドンは聞き取りを始める。

「そうですわね。三百年前よりも、人間の罠《わな》にかかる者が増えました。鱗を剝がれたり、人魚の肉を食べれば不老不死になると信じた者に殺されたり……。挙げ句の果てに、マニア向けの性奴隷となっている者もいます。用事が終わればその辺の沼に捨てられ、朽ち果てる……。酷いものです」

「な……」

ベアトリクスは、人魚の長の話を聞いてギョッとする。

今まで人が魔物に魅了され、食べられたという話なら聞いていた。

被害を広げないよう王国軍は常に警戒し、辺境に現れる魔族に対抗していた。

なのに長の話を聞けば、まるで人間が悪者ではないか。

「報告書に目を通しておいた。鱗の回復に効く薬を薬品庫から出す。別途入り江の近くに薬水の池を作ろう。怪我をした者が療養できる環境を整え、栄養体も生成しておく」

「ありがとうございます」

アバドンのまともな働き姿に驚くも、最後の単語に引っ掛かかりを覚える。

「栄養体とは何ですか？　人間界から生贄《いけにえ》を攫《さら》ってくるのでは……」

彼はベアトリクスの両手をそっと外し、パチパチと瞬きをしたあとに答えた。

「お前たちの言う『魔族が人間を襲う』は、人間が野生の獣を狩って食料にする事と同義だ。魔王城の生成部で作られる物は、魔法で作られた〝栄養〟だ。人ではないし生き物でもない」

安堵するも、わだかまりは取れない。

「では、人間を襲わずとも、それを食べていれば良いのでは？」

アバドンは珍しく、ベアトリクスにただ甘な態度をとらず真剣に答える。

「……では逆に訊《き》こう。トリスの前に栄養に富んだ団子がある。それだけを一生食べ続けられるか？　肉汁たっぷりの肉、新鮮な魚、採れたての野菜や果物。または動物の乳を使ったチーズや、甘いクリームがついた菓子を食べたいと思わないか？」

「…………。ずるい、です」

困った顔をしても、〝魔王〟は甘い顔を見せてくれなかった。

「魔族にも食事を楽しむ権利はある。他にも独自の正義や宗教、道徳や文化がある。さらに国や一族、家庭の矜持《きょうじ》がある。それらは人間のものとは相容れない。片方が〝正義〟を通せば必ず争いが起こる」

アバドンの言う事は正しいと思い、ベアトリクスは頷く。

「下位魔族は高度な知性を持たず、遭遇した人間を襲うかもしれない。だが人間が魔族のテリトリーに入らなければ、悲劇は生まれない。下位魔族が人間を求めて人里に向かうのは腹が減ったからだ。野生の獣と同じく、迎え撃たれる覚悟を持って、生きるために命を刈る。それを一方的に悪と決めつける事は傲慢な考えだ」

魔王の言葉を聞き、ベアトリクスは人魚の入り江を見る。

長は堂々と姿を見せているが、他の人魚は岩場や波間に隠れて、こちらに怯えた顔を向けている。

（私を怖れている……？）

敵意を持っていないのにこんな態度をとられ、ベアトリクスは戸惑う。

（私は一人だし人魚の仲間は大勢いるのに、ここまで警戒するの？）

アバドンはベアトリクスの髪を撫で、人魚の長に告げた。

「囚われた者に救援隊を向ける。人間界との境にある認識阻害の霧も濃くしておく」

「ありがとうございます。……ですが陛下、あまり妃殿下を虐めらｒれないように」

長は妖艶な笑みを浮かべ、尾でパシャンと水面を叩く。

「虐めてないさ。賢い魔王妃となるために教育をしているだけだ」

抱き寄せられたベアトリクスは、ハッと我に返った。

そしてアバドンが堂々と人魚の長を見ていると気づき、また彼の目元をバンッと押さえる。

「だから目ェえ‼」

魔王の情けない悲鳴が人魚の入り江に響き渡る。

「ねぇ、トリス！　聞いて⁉　妬いてくれるの嬉しいけど、俺、人魚で勃たないから！　なんなら触ってみる？」

「触りません！　そんな汚物！」

「汚物！　なるほど！　ひどい！」

ギャアギャアと言い合いをしている二人に、シェムハザが声を掛けた。

「そろそろ次に行きましょう。スピード視察に、スピード対策です。時は金なり！」

パンパンッと手を打ち鳴らされて、ベアトリクスは手を離す。

アバドンは「いってぇ……」と言って目をさすった。

「じゃあな。城に戻ったらすぐ対応するから、もう少し待っててくれ」

アバドンは人魚たちに軽く手を振ると、ベアトリクスの手を握って馬車へ戻る。

また興奮しだすバイコーンを無視し、二人は馬車に乗った。

「……なかなか、考えさせられました」

再び空に浮き上がった馬車の窓から人魚の入り江を見下ろし、ベアトリクスは呟く。

「自分の常識が通じない所にくると、学びがあって面白いだろう？」

「面白い……かどうかは置いておいて、新しい発見ではあると思います」

自分たちが正義であり、被害者だと思っていたのは誤りだった。それどころか加害者だった。そう思うと複雑な気持ちになる。

ベアトリクスは聖都を中心に活動しているが、辺境を守る騎士や傭兵《ようへい》は魔族が多くいる外地で戦っている。

（私がのうのうと暮らしている間、彼らは命を賭けて戦い、その中で捕虜とした者を弄ぶ事もあるのかもしれないわ）

彼女たちは、人間と遜色ない知性を持っている。魔王と堂々と話す姿は、気品のある女性貴族を彷彿《ほうふつ》とさせられた。

（まだ視察で他の種族の所に向かう。そこで、人間の汚い部分を見せられる覚悟を持たなければいけないわ）

神妙な顔をしていると、アバドンが手を握ってきた。

「まぁ、気落ちするな。〝完璧〟なんてありゃしないんだ。トリスが信じる神だって失敗する」

「神」と言った途端、ジュウッとアバドンの舌が焼けてベアトリクスはギョッとする。

「ですから！　舌が焼ける言葉を無理に言わなくていいです！　学習能力がないのです

か！」

「だってー」

むくれるアバドンの態度は、わざとおどけているように感じられた。

そのあと、馬車はまた別の土地に下り立つ。

色とりどりの森に囲まれた場所に、無茶苦茶な建築様式の城がドンとそびえている。

斜めに屋根が生え、塔が逆さについている所もある。土台より屋根が大きく、普通なら
たちまち倒壊するだろう建物を見て、目眩を覚える。

（……考えたら負けだわ）

自分に言い聞かせた時、アバドンが言った。

「ここは淫魔の城だ」

「淫魔ってサキュバス……？」

「そうだ。女がサキュバスで男がインキュバスだ。人間の夢に入ってやらしい事をして、
精気を吸って生きている」

「なるほど……」

その時、城の出入り口から淫魔が大勢出てきた。中には羽で空を飛ぶ者もいる。

「な……っ、何ですかあれは！」

だがベアトリクスは別の点に悲鳴を上げていた。

淫魔たちは男女問わず、魅力的な肉体を九割ほど晒している。

ベアトリクスからすれば、露出狂である。

幸い（？）な事に、局部はアクセサリーや面積の少ない布でギリギリ隠されている。手脚にはジャラジャラと貴金属がついているので、まるで踊り子だ。

「あら〜、いい匂いがすると思ったら、陛下だわ。それに陛下よりもーっと美味しそうな匂いがするお嬢さんもいる」

そう言って近づいてきたのは、一匹のサキュバスだ。

真っ白な肌と豊満な乳房を惜しげもなく晒し、美しい金髪を掻き上げている。

「ちょ……っ、ま、待ってくださ……っ」

同性だろうが、こんなに露出されていると恥ずかしい。

ベアトリクスは赤面してアバドンの陰に隠れようとした。

「こらトリス。危害を加えられる訳じゃないんだから」

「恥ずかしいです！　目の毒です！」

悲鳴を上げるベアトリクスの後ろから、見惚れてしまいそうなほど妖艶なインキュバスが顔を寄せてきた。

「ああ、本当にいい匂いだ。舐めるだけでいいから恩恵に授かりたい」

「ふぎゃっ！」

耳元で囁かれ、ベアトリクスは猫のような声をだして飛び上がった。

「こらぁーっ！　トリスは俺の妻なの！」

なんとも気の抜けた怒り方をしたアバドンが、いきなりキスしてきた。

「⁉」

公衆の面前でキスをされ、ベアトリクスは固まった。

だがすぐ我に返ると、アバドンの胸板を渾身の力で押しのけ、バッチン！　と彼の頬を叩く。

「いたい！」

「叩いたから当たり前です！　人前で猥褻《わいせつ》行為をしないでください！」

「俺の魔力を注入してマーキングしただけだ。トリスに無理強いしようとしたら、電撃トラップが見舞う仕組みになっている」

「人の体に何て事をしてくれたんですか。むしろあなたに電撃が走ればいいのに」

真顔で突っ込みを入れるベアトリクスを見て、アバドンはガクッと肩を落とす。

そのあと、気を取り直して「まぁまぁ」と宥めた。

「ひとまず用事を済ませなければ。王と女王に会いに行こう」

「……そうですね。視察が目的ですから」

かといって今の許可なしのキスを不問に処したくないのだが、グッと堪える。

ベアトリクスはアバドンに手を握られ、淫魔の城に向かった。

しかしあまりにも彼女の周りに淫魔が集まるので、危機感を抱いたアバドンが妻をグイッと抱き上げた。

「な……っ」

「大人しくしててくれ。……本当は怖いんだろう？　無理をするな」

言葉の後半は小声で言い、アバドンはパチンとウインクする。

またしても勝手に触られて文句を言いたいが、大勢いる淫魔に多少の恐怖感を抱いていたのは確かだ。こう見えても彼は魔王なので、従っていれば危害を加えられないだろうと思い大人しくしておいた。

密着していると、アバドンの逞しい胸板や腕を感じる。彼のぬくもりも伝わり、不本意にも照れくさくなってくる。

ただ黙って抱かれているのはもっと恥ずかしいので、誤魔化すために話題を振った。

「……意外と腕力があるのですね」

「好きな女ぐらい、楽々と抱き上げられないとな」

アバドンがキザっぽくキメようとした時、シェムハザが真顔で横やりを入れてきた。

「健康な肉体を作ろうという健全な気持ちではなく、ストレス発散の賜なのですよ。執務室の隣には、拷問器具にも似た体に負荷を掛ける設備がありまして」

「え……」

セルフ拷問を思い浮かべ、ベアトリクスは引いた顔でアバドンを見る。

「……おい。シェムハザ」

アバドンは頬を引きつらせ、盛大な勘違いを生んだ当事者を睨む。

だが魔王の右腕は涼しい顔で彼の斜め後ろを歩いていた。

「……それにしても、不思議な造りですね」

彼らがくだらない事を言っているのはいつもの事で、ベアトリクスは深く追求せず話題を変える。

淫魔の城が奇妙なのは、外観だけではなかった。内部もとても変わっていて、基本的に天井がとても高い。

シャンデリア的な物はなく、壁際にほんのりと光る魔法の灯りがあるのみだ。恐らく淫魔たちが自由に飛び回れるようにしているのだろう。

天井からは、色とりどりの布がぶら下がっている。布は球体を受け止めたような形をしていた。

「天井から下がっている布は何ですか？」

「あれは淫魔の巣だ。ベッドと言っていい。疲れた時はあの中で眠り、世界の夢を取り込んで体を癒す」

「世界の……夢？」

途方もない言葉に、ベアトリクスは首を傾げる。

「淫魔が寝ている人間を狙うのは、相手が抵抗しないからだ。もし人間が淫魔を受け入れるなら、起きている時に相手から精気を吸い取る事ができる。淫魔が求めるのは生命力にも直結する、生々しい性欲だ」

「なるほど」

〝夢魔〟とも呼ばれているから、夢が重要な役割を果たしていると思い込んでいた。

(確かに、言われるとその通りだわ。夢を通して交わる事もあるのだし、結局求めているものは、人間が発する性欲なのよね)

巣で眠っている淫魔を見上げながら、ベアトリクスは納得する。

「ここは魔界だが、深く眠って地上に意識を向けていると、微弱ながら欲望が伝わってくる。動けないほど消耗した者は、ああやって回復を図っているんだ」

「何となく理解しました。ありがとうございます」

会話をしている間、城の二階奥にある玉座の間に着いた。

「もう大丈夫です」

ベアトリクスはアバドンに断りを入れ、床に下ろしてもらう。

玉座の間ではインキュバスの王と、サキュバスの女王が待っていた。

王は白い髪に褐色の肌を持つ、筋肉質で均整の取れた肉体を持つ美貌の男性だ。

女王は同じく褐色の肌に、波打った黒髪を持つ妖艶な美女だ。

二人とも他の者と同じように露出度が高く、ベアトリクスは直視できずにいる。

だがあからさまに顔を背けては失礼なので、彼らの後ろの空間を見るようにした。

「陛下と妃殿下におきましては、ご機嫌麗しく」

女王が蠱惑《こわく》的な声音で挨拶をして、色っぽく微笑む。

それに対し、王は陽気な様子でアバドンに話しかけてきた。

「濃厚な初夜をおめでとうございます！　念願の妻帯者になりましたね！」

彼の言葉を聞き、ベアトリクスは真っ赤になる。

（まさか……っ、淫魔だから〝そういう〟気配を感じていた⁉　筒抜けだった⁉）

ブワッと変な汗が出て、彼女はここから逃走したくなるのを必死に堪える。

「おーい。気配に敏感なのは分かるけど、ちょっと嫁さんに配慮してくれ。まだ初々しい新妻なんだから」

アバドンがやんわりと制するが、王は聞いていない。

「それにしても素晴らしいお体をしていますね。キラキラした魂に甘美な体臭……。ものは試しに、一晩我々の城に泊まってみませんか？」

「お断りします！」

とんでもない提案をされ、ベアトリクスは真っ赤になって拒絶する。

「それは置いといて、最近どうだ？」

アバドンが本題を切りだし、王と女王は顔を見合わせて溜め息をつく。

そしてサキュバスの女王が返事をした。

「相変わらずですわ。むしろ三百年前に比べると、酷くなった印象です」

人魚と似た報告に、ベアトリクスはドキッと胸を高鳴らせる。

続いてインキュバスの王が魔王に不安を訴える。

「昔は何の不安もなく食事に行けました。ですが近年は、人間界に行った者の二割ほどが戻ってきません。仲間の話では、人間の罠に掛かって封じられ、淫魔ともあろうものが体を弄ばれているとか……」

ベアトリクスは視線を下げて床を見る。

人間が淫魔に酷い事をしていると知り、とても居心地が悪くなり、羞恥すら覚えた。

だが淫魔たちはベアトリクスを責めなかった。

(人間界では魔族が〝悪〟なのは常識。恐れの対象であり、もし対峙《たいじ》すれば攻撃して当然になっている。もし私が魔族なら、袋叩きになって殺されているわ)

なのに魔族たちは、憎い人間のベアトリクスを、襲ってこない。

同胞を襲った者とベアトリクスは、別の存在だときちんと認識しているからだ。

魔族のほうがずっと大人びた感覚を持ち、人間はそれをできていない事実を嫌でも突きつけられる。

彼女が黙っている間も、アバドン報告を受けて対策を伝えていた。

「まず救援隊を出す。言っておくが報復はしない。助けだしたあと、安全に食事ができる場所をこちらで探しておく。定まり次第門《ゲート》を設けるから、無理をして人間界へ向かおうとしないように」

「報復はしない」という言葉を聞いて、ベアトリクスは安堵した。

この件で悪いのは人間だ。

だが「悪だから攻撃して当然」と考えないアバドンに感謝した。

「今後も勿論、人間の精気を吸う時は、定められた量を守ってもらう。食料を失って困るのは俺たちだ。相手が反撃する可能性もある存在と理解した上で、必要な分だけ賢く取れ」

「承知しております」

彼らの会話を聞いて、ベアトリクスはそっと息をついた。

ベアトリクス自身、聖騎士として魔物討伐の役目に参加した事がある。

聖王女の側仕えだからと気を遣われ、直接剣を振るう必要はなかった。

だが戦いの現場にいて、聖騎士や騎士たちが雄叫びを上げて高揚感のまま魔族に切り掛かっていた姿を目の当たりにしていた。

(騎士たちは魔族から民を守る事を、自分たちの役目だと思っている。……でも、魔族側からどう思われているかなんて考えた事もないのが当たり前だった。私も同じだわ)

自覚すると同時に、とてつもない羞恥が襲ってくる。

(人間と魔族のどちらが〝悪〟なのかしら)

暗い顔をして思考に没頭していると、頭をポンと撫でられる。

顔を上げるとアバドンが優しく微笑んでいた。

まるでベアトリクスの考えている事を察して、元気づけているようだ。

気遣われて居たたまれなく、彼女はさり気なく視線を外した。

「じゃあ、そろそろ行く。何かあったら、いつでも報告書を送ってくれ」

アバドンはそう言って、ベアトリクスを伴って来た道を戻る。

一緒に移動する淫魔たちは、また口々に「いい匂い」と言っていた。

（餌扱いされているけれど、人魚たちのように怯えられないだけ、まだ罪悪感がなくていいのかもしれないわ）

そのあとも魔王の視察は続いた。

見世物にされて円形脱毛症になった人狼《じんろう》や、不老不死を求める人間に血を吸ってほしいと迫られ、すっかり人間恐怖症になった吸血鬼の慰問など……。

他にも魔族には色んな種族がいるらしいが、その日の訪問はそれで終わった。

＊＊

城に戻ったあと、ベアトリクスは夕食をとり、贅沢《ぜいたく》にもたっぷりお湯を使った浴場で疲れをとった。

そのあと、自室の大きなベッドに寝転んで、ぼんやりと考え事をする。

少しすると部屋のドアがノックされ、「どうぞ」と返事をした。

すると黒いガウンを羽織ったアバドンが入ってきて、ベアトリクスの隣に寝転んでくる。

「今日、どうだった？」

尋ねられ、ベアトリクスはしばし沈黙したあと口を開いた。

「……色々と物の見方が変わりました。一つの物事を、一方向から見て決めつけてはいけない。私たちが〝悪〟としていた存在にも、感情や主張、生き方がある。……逆に人間だから正しいとも言えないと知りました」

「そうだな。宝石は美しいが、そう思わない者もいるし、ただの石ころだと思う者もいる。環境が生み出した偶然の産物と捉える者もいる。……まして、感情を持つ生き物同士なら、それぞれの感情や主観でコロコロと見方が変わる。この世界は複雑極まりないのさ。生きている者を、心ごと理解したつもりになって価値を決めつけるのは傲慢だ」

「……あなたの言う通りです」

同意したあと、ベアトリクスは心の中で呟いた。

（あなたを見る目も、少し変わりましたよ）

本当は素直に伝えたいが、そうはいかない。

アバドンに抱かれて一緒に過ごし、ほだされた面はある。

魔族がどういう顔を持つか、その一端を知り、同情的にもなった。

だがそれで、生き方や誇りまで撤回する訳にいかない。

（私の心の中には、まだ姫様のもとに戻りたいという望みがある。家族にも会いたいし、また聖都で穏やかな生活を送りたい。……何より、神に仕える私が魔王に心を奪われてはいけない）

心の中で独白し、ベアトリクスは首から下がっている神のシンボルを、ギュッと握る。

（私はこのシンボルに誓いを立て、聖騎士となった。魔界に来て価値観が変わったと思っても、自分の根幹にあるものを覆してはいけない）

アバドンは、そんな彼女をチラリと見て微笑んだ。

だからなのか、その夜彼は無理に求めてこようとしなかった。

初夜のように無理矢理抱かれ続けられたら、きっとアバドンを嫌えただろう。

だが視察を経て彼の意外な一面を知った。夜も無理強いしない。むしろとても大事にされている。

自覚するたびに、魔王である彼をどう捉えたらいいか分からない。

ベアトリクスは、室内にあるカレンダーを見る。

金色の額縁の中には夜空が描かれ、その中に煌めく星が三十一個並んでいた。昼間は青空の絵になる芸の細かさだ。その中に色とりどりの宝石が十二個並んでいる。

一日が経つと、煌めく星は輝きを失いグレーになる。

このカレンダーで、人間界の時の流れを知る事ができる。

魔界での時の流れは、地上でのそれと異なるらしい。

アバドンは彼女が正確に一年の感覚を掴めるよう、このカレンダーを作ってくれた。

（まだ一週間も経っていない。……一年は長すぎるわ）

単純に、魔界に留まっている事への憂鬱さもある。

だが今は、彼に心を揺り動かされている事に、強い不安を覚えていた。

「惑わされては駄目よ。ベアトリクス」

自分に言い聞かせ、彼女は無意識に下腹部に宿った淫紋を撫でた。

第四章　告解室で魔王と……

そのあとも、ベアトリクスはアバドンと共に各種族のもとを訪れた。

彼と結婚し、魔王妃になったのは事実だ。

ただ飯食いをしてだらけるのは性に合わないので、一年間であってもきっちり働く事にした。

魔族たちに会って話を聞く傍ら、思いきって人間側としての意見も口にしてみた。

意外な事に魔族たちは「お前らが襲っているくせに」と言わず、一つの意見としてベアトリクスの話をきちんと聞いてくれた。

勿論彼女は直接加害していない。だから、「こういう事情があるのではないか」と想像した事しか言えない。

それでも、アバドンも交えて感情的にならない〝話し合い〟をしていると、新しい発見を幾つも得た。

同時に今までの自分が〝聖王女を守るため〟という大義名分のために、とても盲目な思いを抱いていたと知って反省した。

他の者が魔族に危害を加えた罪を、ベアトリクスが購《あがな》える訳ではない。

だが「人間として申し訳なく思います」と言うと、彼らはその言葉を受け入れてくれた。

そうなれたのは、隣にアバドンがいて、魔王妃という立場があるからだろう。それでなければ、憎い敵として接されていても仕方がない。

迎える魔族の中には、明らかにベアトリクスを見て怯える者や、快く思わない反応をする者もいたからだ。


数週間後、ようやく魔王復活と、魔王妃お披露目の意味を込めた慰問が終わった。

「疲れただろうから数日休んだほうがいい」と言われ、ベアトリクスはありがたく一日ゆっくり部屋で過ごさせてもらった。

だが翌日から時間を持て余したので、魔王城の長い廊下を走り、腕立て伏せや腹筋背筋をして体を鍛えて過ごした。

『体を動かしていれば、モヤモヤした考えは飛んでいく』

そう言っていたのは父だ。

だがどれだけ運動しても、ベアトリクスの頭の中にはシャルロッテや家族の姿がチラつくのだった。

「どうした。最近浮かない顔だな」

朝食の席でアバドンに言われ、ベアトリクスは自分がナイフとフォークを握ったまま、ボーッとしていたのに気付いた。

「い、いいえ。食事中にすみません」

慌てて続きに取り掛かるが、アバドンは心配そうに見つめてくる。

「何か足りないものでもあるか？　悩みがあるなら何でも聞く」

気遣われて、胸の奥がムズムズする。

それを無視して、あえてそっけなく返事をした。

「何でもありません」

「何でもない顔じゃないだろう。いいから言ってくれ」

返事をしなければ諦めない気がして、彼女は溜め息をついてから打ち明けた。

「……どうしても姫様の事が気になるのです。無事に聖都に戻れたのか、お元気で過ごされているのか……」

打ち明けてから、自分は一年間彼の側にいなければいけないと思いだす。

そして迷う自分を否定するように、首を横に振った。

「いえ……。気になっているのは事実ですが、約束はちゃんと守りま――」

「じゃあ、人間界に行くか？」

「は？」

悩んでいたというのに気軽に言われ、間抜けな声が漏れる。

「人間に変装して俺も同行する。その上で、トリスを認識できなくする魔法を掛けていいなら構わない。聖王女に会う時は魔法を解き、会話ができるようにする」

都合のいい提案をされ、ベアトリクスはポカンとしたまま尋ねる。

「……あなた、忙しいんじゃないんですか？」

「忙しいけど、〝影〟に代理させる事はできる」

「何ですか、その便利魔法」

「便利だが、頭の中は共有してるから疲れるぞ？」

「でたらめな体ですね」

はぁ……と溜め息をつき、「で」と話題を元に戻す。

「本当に姫様に会えるのですか？　もし『冗談でした』なんて言ったら、本気で嫌いになりますよ？」

念を押すように尋ね、ベアトリクスはギュッとナイフを握る。

「ナイフを武器にしようとするな。あとシンプルに目が据わってる」

言われて、彼女はスンッと大人しくなる。

「なんなら朝食が終わったらすぐ向かうか？」

「本当ですか⁉　お願いします！」

ベアトリクスが笑顔を見せると、アバドンは優しく笑った。

＊＊

朝食を終えて身支度したあと、アバドンとシェムハザと一緒に、壁が全面鏡になっている部屋へ向かった。

「なんですか？　ここは」

人間界に向かうので、てっきり魔王城の外に向かうと思っていた。

部屋には磨き上げられた鏡があるだけで、ここから移動できると思えない。

「ほい、と」

「！」

が、アバドンが緩い声をだすと、鏡に聖都が映った。

まるで目の前に本物の街並みがあるようで、ベアトリクスは思わず鏡に近づく。

「鏡を使った移動魔法だ。トリスだけじゃ無理だから、俺と手を繋《つな》ぐのが必須だ。俺はちょっと変身する必要があるな。……そうだな」

話している途中から、アバドンの髪や瞳の色、服が変化していく。

目を瞬かせる間に、彼は一人の〝人間〟の男性に変身していた。

少し暗めの金髪にグリーンの目、服はダークグリーンのジュストコールにトラウザーズ、美しくなめされた黒い皮のブーツを履いている。

濃い金色の睫毛に縁取られた目で見られた時、不覚にもドキッとして赤面してしまった。

顔立ちはアバドンの名残があり、思わず二度見してしまうほどの美男だ。

もし〝彼〟が実在したなら、大勢の女性から想いを寄せられていただろう。

驚いて声を出せずにいるベアトリクスに、〝彼〟はにっこり笑う。

「人間に見えるだろう？　立場は……そうだな。レイフォールド王国のバーデン侯爵にしておくか。名前はアッシュだ」

レイフォールド王国とは、リヒテンバーク聖王国の隣に位置する国だ。

聖王国より国土が広く、海や山、湖など自然環境に恵まれて貿易や農耕が盛んで、鉱山資源があり、とても豊かな国だ。

ベアトリクスも聖王女の侍女兼護衛として、何度も訪れた。

正式な招待を受け、彼の国の王侯貴族から挨拶を受けた経験だってある。

「隣国にそのような名の貴族はいません」

それっぽく姿を変えても、すぐバレる嘘なら意味がない。

溜め息をついたが、アバドンは事もなげに言う。

「作ろうと思えば何だって作れるさ。土地が拡張したように思える魔法を使って、その土地を訪れる者にも認識魔法が掛かる。そうすれば、広大な領地持ちの侯爵様のできあがりだ」

「それで、侯爵……ですか」

「トリスは公爵家の娘だから、最低でも侯爵が妥当だろう。本当なら一国を作り上げて国王になってもいいがな。だがそうなると周辺国、引いては大陸中、世界中の者の認識を歪める必要がある。そうなると少し面倒臭くなる」

「……それで〝アッシュ〟は私とどういう関わりがあるのですか？」

溜息をついて尋ねると、アバドンは楽しそうに言う。

「まだ一年が経っていないから、本物の〝ベアトリクス〟が聖王国に戻ると周囲に思わせる事はできない。人間たちには〝バーデン侯爵の侍女〟と認識させる。だから誰にも疑われないはずだ」

「侍女の格好はしなくていいのですか？」

「そうだな、じゃあ……、こんなのはどうだ？」

アバドンがベアトリクスに向かって軽く手を振ると、彼女が着ていたドレスがみるみる変化していく。

聖都を映していた鏡は一部もとの鏡に戻っていて、それに映った自分の姿を見た彼女は小さく息を呑んだ。

金髪に青い目だった自分は、ブルネットにヘーゼルアイの女性に変わっていた。

ベアトリクスはどちらかというと、キリッとした顔立ちの美女だ。

しかし鏡の中の〝彼女〟はおっとりとして優しそうな雰囲気をしている。

ベアトリクスが長身で鍛えて体つきがしっかりしていたのに対し、〝彼女〟は平均的な身長で、筋肉量も普通だ。

「……へぇ。こういう女性が好みなんですね」

思わずそんな感想を漏らすと、一気にアバドンが焦った。

「ちが……っ、違うって！　トリスと真逆のタイプにしたほうがいいだろうなって思っただけで……！」

急に焦りだす彼を見て、ベアトリクスは思わず笑う。

「冗談ですよ。これなら誰も〝私〟だと疑いませんね」

無意識に柔らかく笑った彼女を、アバドンは愛しそうに見る。

そのあと気を取り直し、彼はベアトリクスの手を握ってきた。

「じゃ、行こうか。鏡に入るぞ。リラックスして臨んでくれ」

ベアトリクスが何か言う前に、アバドンは「せーの」と言って、一歩踏みだした。


「っ…………」

その瞬間、全身がゼリー状の〝何か〟を通り抜けたように感じた。

鏡にぶつかると思った恐れと、違和感とでギュッと眼を閉じていたが、周囲から聖都のざわめきが聞こえてゆっくり目を開いた。

「これは……！」

目の前には、本物の聖都の街並みが広がっていた。

ベアトリクスたちは、貴族エリアにあるサロンのドアを開けて、表通りに出た事になっているようだ。

アバドン――アッシュが左を指さし、彼女もそちらを見る。

そこには六頭引きの馬車があり、前には美中年の男性が立っていた。

初めて見る顔だが、意味深に微笑まれて、その笑い方ですぐシェムハザだと分かった。

「旦那様。そろそろ王宮へ向かうお時間です」

シェムハザが二人の前に踏み台を置く。

アバドンが鷹揚に頷き、ベアトリクスはエスコートされて馬車に乗る。

シェムハザが御者台に座り、馬車は滑るように走りだした。

王宮に近づき、ベアトリクスは緊張した。

(外部の者は書状なしに王宮に入れないようになっているわ)

だが心配をよそに、シェムハザが門番に〝書状〟を見せると、あっさり中に入る事ができた。

(魔法とはいえ、偽造の書状で中に入れてしまうとは……！　嘆かわしい！)

魔王の腹心なら、人間の認識を歪めるなどたやすいだろう。

だがどうしても「もうちょっとしっかりしてください！」と言いたくなる。

城の出入り口の前で下りたあとも、衛兵は何も言わず、賓客を迎える係が「バーデン侯、ようこそお越しくださいました」と言う始末だ。

(凄いものだわ)

半ば呆れ、半ば感心して廊下を進み、勝手知ったる城内を歩いていく。

懐かしさのあまり、通りすがる顔見知りに挨拶したくなるが我慢する。

どこを見ても自分が生活していた城そのままで、感傷に浸ってしまう。

階段を上がると謁見の間や貴族たちが仕事をする部屋があり、さらに上はプライベートなフロアになる。

赤い絨毯が敷かれた廊下を進み、壁に掛けられた絵画や魔法の灯りがついたランプ、歴史的価値のある甲冑などを目で追っていく。

同じように見える木製の扉が幾つも並んでいるが、ベアトリクスはそれぞれ何の部屋であるか知っている。

(聖王女殿下の侍女であり、公爵家の娘、そして聖騎士である私が魔王に囚われたというのに、城内はいつも通りだわ)

歩きながら悲しい事実に気づいてしまい、少し寂しさを覚える。

ベアトリクスは小さな声で呟いた。

「少しがっかりしてしまいました。父は元帥ですし、軍を率いて私を奪還すべく動いているものと思っていました。……けど、私一人がいなくなったところで、何も変わらないのですね」

悲しみの籠もった声を聞き、アバドンは無言で彼女の背中を叩く。

大きく温かな手でトントンと背をさすられ、不覚にも涙が出そうになる。

「……やめてください」

アバドンはいつも余計な事ばかり言うのに、こういう時に限って何も言わない。

彼自身、ベアトリクスを囚えている身だから、すぐうまい事が言えずにいるのだろう。

だが、おちゃらけた言葉で誤魔化さないところに、誠実さを感じた。

少し前ならこの場で逃走していたかもしれない。

自分でもなぜ逃げないのか不思議なぐらいだが、どうやら自分とアバドンの間にはある種の信頼関係が芽生えているようだ。

彼が民思いのいい魔王なのは分かっているし、ふざけたところはあってもいい人なのも理解している。

だから嫌いになりきれずにいるし、聖都に戻ったあとも彼を裏切ってはいけないという思いは続いていた。

（……私は変わってしまった）

アバドンを強く拒否できず、かといって好きとも言えずベアトリクスは悩ましく息をつく。

先を歩いている案内係は、距離的に会話が聞こえているはずなのに、何の反応も見せない。恐らく魔法によって聞こえないようになっているのだろう。

やがてシャルロッテの部屋に着き、案内係がレイフォールド王国のバーデン侯爵の来訪を告げた。

果たして聖王女との面会が叶うのかと思っていた時――。

「どうぞ、お入りください」

中から顔を出したのは、新顔の侍女だ。

「…………っ」

彼女を見て、ベアトリクスは強い衝撃を覚える。

顔がクシャリと泣きそうに歪み、大きく息を吸って悲しみの衝動を堪えた。

（魔王の妻になってまで姫様を助けたのに、もうお側には別の侍女がいる。……本当に私は、侍女としても聖騎士としても〝替え〟の利く存在だったのだわ）

自分の価値が分からなくなり、足元にぽっかりと大きな穴が空いたようだ。

シャルロッテに会える喜びも半減し、ベアトリクスは放心している。

（恥ずかしい……。私は自分を〝特別〟だと思い込んでいた……）

泣かないように歯を食いしばっていた時――。

「え……？　トリス？」

懐かしい声がして、ベアトリクスはパッと顔を上げた。

目の前には会いたくて堪らなかったシャルロッテが、驚いた顔でこちらを見ている。

（〝私〟だと理解している⁉）

ハッとなってアバドンを見ると、彼は微笑んで頷いてみせた。

城内を歩いていても、誰も彼女が〝ベアトリクス〟だと認識していなかった。

アバドンは、約束通りシャルロッテにのみ分かるようにしてくれたのだろう。

聖王女は元気そうで、ベアトリクスは心の底から安堵した。

フワフワとした金色の巻き毛も、白い肌も、鈴を転がしたような声音もそのままだ。

(姫様はもう私が不要なのだろうか……)

様々な感情に駆られた時、シャルロッテが侍女に声を掛けた。

「しばらく席を外してくれる？　お茶の準備は自分でするからいいわ」

「かしこまりました」

新しい侍女はお辞儀をすると、大人しく退室した。

あとに残されたのは、ベアトリクスとシャルロッテ、バーデン侯爵の姿をしたアバドンのみ。

「トリス……！」

侍女がいなくなってすぐ、シャルロッテが両手を広げて抱きついてきた。

ベアトリクスはとっさに彼女を抱き留め、その細い体をしっかりと確認する。

遅れて、ずっと仕えてきた主への忠誠心、離れていて寂しいと思っていた気持ちがブワッと蘇った。

「心配したわ。大丈夫だったの？」

「姫様こそ〝あのあと〟無事に戻れたのですか？」

「ええ。魔法陣の光に包まれたあと、この部屋に戻っていて驚いたわ」

「それは良かったです。お怪我がなくて本当に良かった……！」

無事を確かめ合ったあと、座って話そうという事になり、ベアトリクスは慣れた様子でお茶の準備を始める。

と、シャルロッテが傍らに立っていた〝アッシュ〟に話しかけた。

「あなたは……魔王ですか？」

確信を持っていない口調から、彼女には〝アッシュ〟として見えているのだろう。

「分かるものなんだな」

アバドンはニヤッと笑い、何も言われていないのにさっさとソファに座る。

傲岸不遜な彼の態度にも気分を害さず、シャルロッテはいつもの席に腰かけた。

そして向かいにいるアバドンを見つめて口を開いた。

「三百年トリスに恋をしていると言っていた魔王《あなた》が、彼女を簡単に手放すとも思えません。なら、近くにいるのはお目付役だと思いました。それに、あなたは魔王に顔立ちが似ています。……だからきっと変身したのだろうなと」

シャルロッテの推理に、ベアトリクスは拍手する。

「姫様、さすがです」

言いながら、彼女はガラスのポットにお湯を注ぎ、白い砂時計をひっくり返した。

その間に綺麗な絵付けが施されたポットやティーセットを、お湯で温めておく。

聖王女はさらに魔王に質問する。

「どういうつもりでトリスを連れて来たのですか？　わたくしのもとに戻してくださるのですか？」

シャルロッテは泰然と微笑み、正面から魔王に対峙する。

か弱く儚い印象でも、彼女は聖王女だ。

だが挑むようなシャルロッテの視線を受けても、アバドンはいつものように軽い調子で答えた。

「いや。今はまだトリスと勝負、契約中だ。それが終わらないと結論は出ない。……俺としてはずっと側にいてほしいがな」

シャルロッテはアバドンの言葉に首を傾げる。

「契約？」

何も知らない彼女に、ベアトリクスは言いづらいながらも打ち明けた。

「魔王に求婚されましたが、受け入れられるはずはありません。ですから一年の猶予の間、仮初めの妻となり、その期間中に彼を好きになったら私の負け……という勝負をしています」

苦しげに言ったあと、ベアトリクスはシャルロッテを見つめて必死に訴える。

「……ですがご安心ください！　私は魔王に屈さず、必ず戻ります！」

言い切ったあと彼女は気を取り直し、蒸し終わった紅茶をティーポットに注いだ。

シャルロッテはさらに尋ねる。

「トリスを見初めたのは、前世のしがらみからですか?」

アバドンは眉を上げ、少し考える。

「しがらみっていうか……。いつの世にいようが、トリスの本質は変わっていない。魂に時間は関係ないからな」

相変わらず魂というフワフワした考えを口にする彼の言葉を聞き、ベアトリクスは溜め息をついて二人の前にティーカップをだす。

そしてシャルロッテの知らない情報を付け加えた。

「私の前世が聖イザベルらしいのです。魔王討伐の勇者ですが、自分を倒した相手に惚れるなんて。変な話ですよね」

溜め息をついたあと、かつてのように背筋を伸ばしてシャルロッテの傍らに立った。

そんな彼女に、聖王女は声を掛ける。

「トリスも座ってお茶を飲んでちょうだい。わたくしはあなたとも話がしたいの」

言われて、ベアトリクスは微笑む。

侍女をしていた時も、二人で座って友達のようにお茶を飲んでいた。

「ありがとうございます」

厚意に感謝し、ベアトリクスは自分の分のお茶も注ぐ。そして少し迷ったあとにアバドンの隣に座った。

「私の家族はどうしていますか？」

紅茶を一口飲んで尋ねると、シャルロッテは申し訳なさそうに視線を伏せる。

「ジングフォーゲル公もご家族も、騎士団も皆あなたを心配しているわ。陛下や妃殿下も、私の身代わりになったと思って心を痛めている」

その言葉を聞いて、ベアトリクスは安堵を覚えた。

少なくとも、自分はいなくても構わない存在ではなかった。

シャルロッテは話を続ける。

「すぐ救援のための軍を動かしたかったけれど、今は結界を張り直す時期。いわば、結界が弱まっている時でもあるわ。各地で下位魔族の出現報告が多くなり、騎士団もあちこちに向かっている。有事のために待機している騎士はいても、魔王軍に戦いを挑むには少なすぎる」

騎士団の事情はベアトリクスが一番よく分かっているので、頷くしかない。

「時期を見て、大々的な奪還作戦を決行しようという話になっているわ。けれど城の中には『侍女一人のために大きな犠牲を払えない』という声もある。……とても残念だけれど」

「……いえ。仰る通りです。アバドンは今こそ友好的に接してくれていますが、実力のある魔王なのは確かです。騎士団が攻め込んできたら、相応の報復をするでしょう。聖都には戻りたいですが、私一人のために誰かが命を落とす事があってはいけません」

とてもつらいが、本音でもある。

「ですから、私は自力で魔王との勝負に勝ち、姫様のもとに戻ります」

きっぱりと言い切ったベアトリクスに、シャルロッテは今にも泣きそうな微笑みを浮かべる。

「……ごめんなさいね、トリス。私はあなたの主人で聖王女なのに、とても無力だわ」

美しい目に涙を浮かべる彼女を見て、ベアトリクスは首を横に振った。

「お気に病まないでください。私は聖騎士です。何かあったら実力行使をしますので」

ベアトリクスは胸を張り、グッと腕の筋肉に力を入れてみせる。

その様子を見て、アバドンがボソッと呟いた。

「いや、ホント。トリスはたくましすぎるほどだから、心配すんなって」

二人のやり取りから関係性を察したのか、シャルロッテは少し和らいだ表情になる。

ベアトリクスは悲壮な空気を払拭しようと、話題を変えた。

「それはそうと、巡礼はどうなっていますか？」

「五日後に改めて出発する事になっているわ」

「良かったです！　各地には姫様のお姿を拝見したい者が待っています。期待に応え、お姿を見せて安堵させるのもお役目の一つです」

「ええ」

「もしアバドンが許してくれるなら、何らかの方法で家族には『生きているから心配しないでほしい』と伝えたいのですが……」

そう言ってチラッと隣に座っているアバドンを見ると、彼が答える。

「俺は人間の肩を持つつもりはない。だがトリスが悲しむのを放置するのも嫌だ。だから提案がある」

「提案？」

キョトンとして問い返すと、彼は意外な事を言う。

「〝レイフォールド王国のバーデン侯爵〟は、俺が作った架空の存在だ。だが人間たちの間ではしっかり認識されているし、領地も城もある」

アバドンの言葉を聞き、シャルロッテはハッとして自分の頭を押さえる。

「……言われてみれば……、そうですね。わたくし、先ほど扉越しに声を聞いて、『アッシュ殿が来てくださったのだわ』と思ってしまった。でも、トリスの姿を見てすべてを思いだした……」

シャルロッテの様子を見て、ベアトリクスは本当に認識魔法が強く掛かっているのだと実感した。

「俺は一年の契約が終わるまで、トリスを自由にするつもりはない。だが家族に無事を伝えられないのは、さすがに可哀想だ。騎士団が攻め入ってこれば、勿論応戦する。だが俺だって無駄な争いはしたくない。俺は魔王だが、喜んで命を刈っている訳ではない。……こう見えてデスクワークで忙しいんだよ」

最後はボソボソッと愚痴混じりになる。恐らくシェムハザへの恨みが籠もっているのだろう。

「だから最大限譲歩して、家族を安心させてやるぐらいは許可したい。筋書きはこうだ。トリスは魔王の城から逃げ出して、大怪我を負い、疲弊しきってバーデン侯爵のところで療養している。そこからの手紙なら普通に受け取れるだろう？　トリスが書いた手紙は、俺が魔法で聖王女のもとに届けておく」

「ありがとうございます」

家族に無事を伝えられると知り、ベアトリクスは喜びに表情を輝かせる。

だがすぐにこの案の〝穴〟に気づいた。

「そんな知らせを聞けば、うちの脳筋父や兄たちが、すぐに軍馬に乗って領地に乗り込みますよ？」

するとアバドンはニヤッと笑った。

「トリスはバーデン侯爵に恋をした。ゆっくり療養したいし、家族が訪れれば独身の侯爵との甘い時間が壊れてしまう。聖王女はそれを慮って、ジングフォーゲル公にこう言ってくれるはずだ。『婚期が遅れていたトリスに春が訪れたようだから、じっくり愛を育ませては如何か』と」

「余計なお世話です」

〝婚期が遅れていた〟を聞いてベアトリクスはシンプルに腹が立ち、思いきりアバドンの耳を引っ張った。

「いってぇ！」

悲鳴を上げる魔王を見て、シャルロッテはびっくりして目を丸くする。

だがすぐにクスクス笑いだした。

ベアトリクスはさらに、アバドンの案の欠点を指摘する。

「……それに私がバーデン侯に恋をしたと広まれば、私が勝負に勝って自由になったあとも影響するではありませんか」

「バーデン侯に関する記憶を、シュッと消せば問題ないと思うが」

「……確かにそうですが……」

処女膜をもとに戻す件もそうだが、もしベアトリクスが賭けに勝った場合、本当にすべてこちらの要求を呑んでくれるのかという不安がある。

シャルロッテは紅茶を飲み、微笑む。

「魔法の契約を破棄すれば悲劇を生みます。可哀想だけれどしっかり勝負して、一年後に勝って戻ってらっしゃい。そうすれば一番平和的に解決できるわ」

聖王女からの命令を受け、ベアトリクスは「はい！」と返事をして背筋を伸ばす。

話が纏まったあと、シャルロッテは改めてアバドンを見た。

「わたくしははじめ、あなたはトリスの前世に執着しているのだと思いました。でもあなたはきちんと目の前にいる彼女を想って行動している。だからわたくしは、あなたの優しさや慈悲深さを信じたいと思います」

「聖王女殿下に褒められるとは光栄だ」

二人が認め合うように笑い合ったので、何となく危機感を覚えたベアトリクスはぶんぶんと首を横に振る。

「姫様。この男は本当に魔王ですからね。私を脅して体に契約の印を刻みつけた悪党です。褒めれば調子に乗りますし、とても面倒くさくなります。おだててはなりませんよ？」

両手で拳を握って力説するベアトリクスの言葉に、アバドンがガックリと肩を落とす。

「……なぁ、トリス。そこまでか？　そこまでなのか？」

「自覚がないのですか？　大体あなたは……」

説教し始めるベアトリクスとシュンとしたアバドンを、シャルロッテはクスクス笑って見ていた。


同時にシャルロッテは、ベアトリクスの変化を目の当たりにして驚いていた。

彼女は常に凛《りん》としていて、貴族や使用人問わず、周囲の女性たちの憧れだった。

白百合のように美しく清らかで高潔。それでいて男性と渡り合うほど強い。

シャルロッテはそんな彼女を、ずっと独占している優越感と申し訳なさを抱いていた。

彼女はもともと父や兄たちの背中を追って、聖騎士となった。

それをベアトリクスの母からこっそり頼まれ、侍女として側に置いた。

彼女と一緒に過ごし、そのまっすぐで飾らない人柄に惹《ひ》かれた。

親友のようでいて姉のようにも思い、嘘をつけない性格を信頼した。

ベアトリクスは侍女として、聖騎士としてずっと自分の側にいると言ってくれた。

シャルロッテも「そうであったらいいな」と望んでいた。

だが時々思うのだ。

ベアトリクスの母が時々零すように、聖騎士にならなければ、今頃彼女は良縁に恵まれ、誰かの妻になっていたかもしれない。

彼女の母に頼まれて側に置いているとはいえ、ベアトリクスを縛っているのは自分だ。

ベアトリクスは聖王女の護衛という立場に誇りを持っているが、結婚していない事を気にしているのも事実だった。

シャルロッテはベアトリクスを想う男性がいる事を知っていた。だがそれとなく匂わせても、彼女はまったく興味を示さなかった。

『私は姫様の護衛ですから、色恋にうつつを抜かす訳にいかないのです』

そう言って男性より自分を選んでくれた事に、喜びを感じてしまっていた。

だが護衛としての自分に重きを置かなければ、まじめな彼女は揺らいでしまったのだろう。

彼女は家族の影響もあり、少女時代からものをハッキリ言う性格で周囲から浮いていた。

令嬢の間で孤立し、男性からは「生意気」と言われて女扱いされなかったと聞いた。

そんな経緯があり、ベアトリクスは普通の令嬢のようにお茶を飲みレース編みをするよりも、兄たちと一緒に体を鍛える道を選んだ。

いつだったか、寂しげに言っていたのを覚えている。

『私のような粗忽者《そこつ》が、砂糖菓子のような令嬢たちの間に交じれば不和を生みます。男性たちだって、自分より強い女を娶《めと》ろうと思わないでしょう。私も自分より強い男性と結婚したいと思っています。騎士にならそんな方がいるのではないでしょうか。……でも民のために戦っている彼らに、色恋を求めるのは失礼な話です』

恋愛をする前に、ベアトリクスは〝結論〟を出してしまっていた。

シャルロッテは「そんな彼女に自分は何ができるだろう？」と思いながら、長年何もできずにいた。

彼女に守られる生活があまりにも心地良かったので、父王に「ベアトリクスの結婚相手を探してほしい」と真剣に頼まなかった。

それがずっと、シャルロッテの心に影を落としていたのだ。

(だから私は、トリスの幸せを一番に考える義務があるわ)

目の前で魔王に説教しているベアトリクスは、とても生き生きしている。

こんなに素の自分を見せられる相手は、リヒテンバーク聖王国でもいない。

そして当然、魔王はベアトリクスより遥《はる》かに強い。

(トリスを手放したくない。でももし彼女が魔王に惹かれているなら、せっかく芽生えた恋心を大切にしてほしい。でも、環境的な問題や彼女自身のこだわりが障害になるわね)

心の中で呟いた時、ベアトリクスが説教を終えて息をついた。

たわいのない話をしたあと、ベアトリクスはソワソワして切りだした。

「アバドン、少し姫様と二人きりで話してもいいでしょうか？」

「構わない。終わったらこのベルを鳴らしてくれ」

そう言ってアバドンは手首をクルッとひねったかと思うと、空中からベルを出してテーブルに置く。

そしてスッと姿を消した。

「どうしたの？　トリス」

微笑んだシャルロッテを前に、ベアトリクスはしばし言葉を迷わせる。

少し沈黙したあと、彼女は自分が魔王の妻となり、彼と共に色んな種族を慰問した経験を話した。

そしてその時に感じた事を包み隠さず伝える。

シャルロッテは少し考えたあと、自分なりの考えを述べた。

「……この世界に生きているのは人間だけではないわ。人間には人間のルールと正義がある。でも、人間のすべてが善人ではないし、被害者というわけではない」

「はい」

「最初に魔王城までさらわれた時も、本当はすぐ殺されると思っていた。けれどシェムハザさんの対応を見て、へたな人間よりずっと礼儀正しく知性の高い方だと思ったわ。そんな彼を従わせている魔王は、もっと人格者だと思った」

あの段階でそんな事まで見抜いていた事に、ベアトリクスは素直に感嘆する。

「人間がここまでの文明を発展させた一方で、魔力に特化した存在は、私たちの考えつかない世界で生きているわ。そしてそこには、相応のルールがある」

ベアトリクスは頷く。

「分かっていても、私は聖王女だから自分の役目を死ぬまで果たすわ。けれどあなたにはもっと自由でいてほしい。聖騎士だから、ジングフォーゲル公爵令嬢だから、私の侍女だからという枠に囚われないでほしいの。その綺麗な目で、世界の隅々まで見て真実を見つけてちょうだい」

「はい」

ずっと胸の奥にあったわだかまりを、シャルロッテが整理してくれる。

「あの魔王なら、きっと信じてもいいと思うの。彼が求めるのはあなたの愛だけ。それでなかったら、三百年前に地上に火の雨を注いでいてもおかしくなかったわ。聖イザベルに封印されても、魔王は魔界に魔力を供給できていた。そんな巨大な力を持つ存在が、処女の血だけで封じられるとは考えがたいもの」

「……そうですね。私もそう思います」

三百年前の彼らについて、詳しい事は知らない。稀《まれ》な魔力を持っていたとしても、人間が魔王を完全に封じるなど不可能に近い。

今までは「そうあってほしい」と望んでいたから疑わなかったが、改めて考えれば矛盾だらけだ。

「魔王との関係をどうするかはあなた次第だわ。でも『魔王だから』という考えは捨てたほうがいいと思う。個人としてどう感じるか、自分自身に聞いてごらんなさい」

そう言われると、魔界での生活を後押しされている気持ちになり、少し寂しくなる。

ベアトリクスの僅かな表情を読み、シャルロッテは微笑んだ。

「あなたが不要だと言っている訳じゃないのよ。戻ってきてほしいし、またトリスと生活したい。でも今まで通りなら、私があなたの人生を縛ったままになってしまう」

「っそんな……」

これまでの生活を否定され、ベアトリクスは小さく首を横に振る。

だがシャルロッテは慈愛の籠もった眼差しで、親友でもある侍女の幸せを願う。

「〝聖王女のため〟は考えなくていいわ。これからは〝あなたが〟どうしたいのかを考えてちょうだい。何が自分の幸せなのか、一年間じっくり考えて答えを出して」

「……はい」

ベアトリクスは溜め息をつき、頷く。

そのあと少し話をしてから、ベルを鳴らしてアバドンを呼んだ。

＊＊

聖王女は多忙だ。

ベアトリクスは「また来ます」と約束してシャルロッテの部屋をあとにした。

廊下を歩きながら、ベアトリクスはアバドンにお礼を言う。

「今日はありがとうございました。姫様の無事を確認できましたし、家族にも連絡できます」

「可愛い花嫁殿のためなら、お安いご用さ」

ベアトリクスは、フッ……と格好つけるアバドンを無視して、窓の外を見る。

すると大聖堂の屋根が目に入った。

「もう一つお願いがあるのですが、大聖堂でお祈りをしたいです。あなたの体に障るなら、外で待っていてくれて構いません」

気遣ったつもりだが、アバドンは対抗意識を燃やしたようだった。

「あいつの家ぐらい入れる」

ベアトリクスはそんな彼の反応に小さく笑い、大聖堂に向かった。

＊＊

大聖堂は相変わらず荘厳な佇《たたず》まいだ。

礼拝堂の前には、白百合が活けられた大きなスタンドがある。

天井はとても高く、青色をふんだんに使ったステンドグラスが美しい。

丁度人がいない時間らしく、人陰はなかった。

（……いたた）

頭痛を覚え、ベアトリクスは頭を押さえる。

子供の頃から、彼女は教会に入ると頭痛を起こしていた。

だが信心深い家に生まれたため、家族に「悪魔憑き」と思われたら大変なので、必死に隠していた。

だからこの頭痛は自分一人の秘密だ。

（今はアバドンが一緒にいるから、余計に罰当たりな気持ちになるわ。魔王妃になったから余計に痛みが増したように感じるのかも）

痛みを堪え、ベアトリクスはアバドンに告げる。

「ベンチに座って待っていてください。あなたに祈れとは言いません」

「ああ」

彼女は身廊を歩き、蠟燭《ろうそく》が置かれてある台にコインを置いた。

そして蠟燭を一本取り、祭壇へ向かう。

（魔王が見ているなか、主の家でお祈りをするなんて……）

溜め息をつき、ベアトリクスは蠟燭に火を灯す。

祭壇に蠟を少し垂らし、しっかりと蠟燭を立たせる。

ベアトリクスは揺らめく火を見つめ、跪いて一心に祈り始めた。

(主よ、どうか私をお許しください。誓いを立てておきながら、私は魔王の花嫁となってしまいました。期間限定とはいえ、主を裏切ってしまった事は確かです)

胸の前で両手を組むと、ギュッと目を閉じて懺悔《ざんげ》する。

(一年間、決して魔王の誘惑に負けません。その間、姫様や家族を主の光で照らし、お守りください)

静けさのなか、どれだけ祈っていただろうか。

ようやく顔を上げて神のシンボルを見上げたあと、ベアトリクスは胸の前で聖印を切る。

そしてアバドンに「告解室に行きますから、近づかないでください」と告げ、小さな木製の部屋に入った。

彼女は簡素な木の椅子に腰掛けて、司祭が来るのを待つ。

少ししてから足音が聞こえ、仕切り越しに司祭が入ったのが分かった。

司祭が祈りの言葉を唱え、ベアトリクスも同様にする。

「それでは、あなたの罪を告白してください」

司祭に言われ、ベアトリクスはポツポツと己の心を打ち明けた。

「……道徳上、好意を寄せてはならない人に惑わされています。悪しき存在と思っていたのですが、……そうではない面を知りました」

彼女はずっと考えていた事を口にする。

「悪しき存在と思っていたのは、世間がそう教えていたからです。私以外にも彼を悪だと思っている人は大勢います。世間の常識とも言えます。ですが直接彼と言葉を交わしてみると、とてもいい人だと思ってしまう自分がいるのです」

「あなたがその人を憎む理由はありますか？　主は隣人を愛せと言っておられます」

尋ねられたが、「魔王だから」と言えず言葉を詰まらせる。

黙っていると、司祭はさらに言う。

「周りの人が言っている言葉や、世間の印象は無視してごらんなさい。〝あなた〟はその人をどう思っていますか？　酷い目に遭わされ、傷付けられましたか？」

ベアトリクスは小さく首を横に振る。

（アバドンは常に私の愛を求めている。逃げると勘違いした件は置いておいて、不器用ながらいつもまっすぐに、呆れるぐらい純粋な想いを私に向けている）

「悪ではない」と思いかけて、また首を左右に振った。

しばらく黙ったあと、ポツリと呟いた。

「……愛されています」

すると小窓の向こうで、司祭が微笑んだ気配がした。

「あなたは彼の愛を認めるのが怖いのではないですか？　見つめ直すべきは、彼を信じられない己の心の闇ではないでしょうか」

司祭の言葉に、ベアトリクスは瞠目する。

（……やはり、私の問題だ。長年培われた神の教えや、聖騎士として鍛えられた心、それらが物事を素直に受け止めるのを邪魔している）

だが生まれてこの方信じてきたものを、撤回するのは難しい。

しかし司祭に神の教えにどう背いたらいいかなど、聞けるはずもない。

溜め息をついたあと、ベアトリクスはこれで告解を終える事にした。

「……ありがとうございます。己の弱さを見つめ、悔い改めます」

「告解は以上で宜しいですか？」

「はい」

「それでは次の日曜にミサに出席し、毎日の祈りを欠かさない事を償いとします」

そう言われたが、ベアトリクスはミサに出席できる身ではない。

胸の奥にちくんとした痛みを感じつつ、彼女は贖罪の祈りを口にした。

「神はいつでも見守っておられます。迷いが生じた時は、いつでも教会の門を叩いてください」

司祭は最後に祈りの言葉を唱えたあと、告解室を出ていった。

ベアトリクスはしばらく、ぼんやりと座っていた。

だがアバドンを待たせていると思いだし、告解室を出ようとした。が――。

「よい、しょ」

　ドアが開いたかと思うと、狭い告解室にアバドンが大きな体を押し込んできた。

「なぜ入ってくるのですか！」

「いいだろ、ちょっと仲良くしようぜ」

　訳の分からない事を言い、アバドンはベアトリクスを立たせて木の椅子に座った。

　そして彼女を自分の膝の上に、向かい合わせになるよう座らせる。

「ちょ……っ。ここは教会です！　不埒な真似は……っ、んっ」

　文句を言おうとしたが、腰と後頭部に手を回され、グッと抱き寄せられた。

　さらにキスをされてベアトリクスは目を白黒させる。

「んーっ！」

　彼女が抵抗するたび、小さな告解室がガタガタと振動する。

　だがアバドンの舌が口内に侵入して、ねっとりと舐められるうちに、その抵抗も小さくなっていった。

　キスや口淫をする時だけ、彼の舌は伸縮するようだった。

　今もベアトリクスの舌に絡みつき、ジュプジュプと嫌らしい音を立てて彼女の口を犯している。その間も首筋や腰を撫でられ、腰から脳天にかけて震えが駆け抜けた。

「……っはぁ……っ」

　糸を引いてようやく唇が離れたあと、アバドンが囁いてきた。

「……トリス、するぞ」

ドレスをたくし上げられ、危機感を覚えたベアトリクスは、力の入らない手で必死に抵抗する。

「やめてください……っ。神の家で不埒な真似をしたら、許しません」

本当ならもっとビシッと叱っていたはずだった。だが声までとろけてしまっているので、我ながら嫌になる。

だがアバドンは構わずベアトリクスのスカートを捲《まく》り上げ、ぷりんとしたお尻を剝き出しにした。

不幸な事に、ベアトリクスはドロワーズではなく両サイドが紐《ひも》で縛ってある、三角形の下着を着けていた。

それはアバドンが「人間の下着はモソモソして動きづらそうだ」と言って作りだした物だ。

最初はスースーして心許なかったのだが、次第にそのフィット感が癖になって愛用するようになっていた。

今はそれが仇《あだ》になり、薄い絹の下着越しにアバドンの指先が食い込む。

張りのある尻たぶを自由に揉まれ、ベアトリクスは吐息を漏らす。

「やぁ……っ、やだっ、やですっ」

腰を振ってなんとかアバドンの膝から下りようとするが、しっかり抱き締められていて叶わない。

「本当に嫌なのか？」

尋ねながら、アバドンは下着の隙間から秘唇を撫でた。そこは官能的なキスですでに潤い、彼の指を淫らに濡らした。

「キスだけでこんなに濡らして……。〝敵〟の家に駆け込んで、よその男に悩みを聞いてもらって満足したか？」

教会で祈り、懺悔しただけなのに、こんな言い方をされると、とても卑猥な事をした気持ちになる。

「や……っ、そ、そんな……っ」

指でピチャピチャと秘唇を撫でられ、ベアトリクスは無意識に腰を揺らす。腰を撫でられて体が浅ましく反応し、「もっと」と悦楽を求めてしまう。

（私……っ、神の家にいるのに、こんな……っ）

あまりの罪悪感と羞恥心、いつ見つかるか分からない不安とで、胸がバクバクと高鳴る。

そんな彼女を見て低く笑ったアバドンは、問答無用で蜜口に指を挿し入れてきた。

「んーっ！」

とっさにベアトリクスは彼の肩に顔を埋め、悲鳴を押し殺した。

だがアバドンは構わず指を抜き差しし、柔らかな膣壁を何度も擦り、押してくる。

気がつくとベアトリクスは必死に腰を振り立て、荒くなった呼吸を繰り返しながら、攻めてくる指から逃れようとしていた。

しかしアバドンは尻たぶをしっかり摑み、指を二本に増やして彼女を暴く。

ベアトリクスは下着の紐が解け、お尻が剝き出しになってしまった事に気付いていない。

「んンっ、ぅ、うーっ、ぁ……っ、ん、んぅっ」

ジュプジュプと音を立てて蜜壺を掻き回され、意識が甘く攪拌《かくはん》されていく。

抵抗しようと思っていたのに、いつの間にか彼女は自ら腰を突き出して快楽を求めていた。

気持ちいい――。

原始的な欲求が、誇り高い聖騎士だったベアトリクスを淫らに堕としていく。

「こんなにたっぷり蜜を零して偉いな。欲しがってくれているんだな？」

「やぁうっ、ち、ちが……っ」

すっかり体は陥落しているが、ベアトリクスは残った理性で必死に抵抗する。

「ふぅん？　違うのか。俺はこんなにトリスを求めているのに」

楽しげに言ったあと、細くなった尻尾がスルッと前から潜り込み、彼女の濡れた淫芽を先端で転がしてきた。

以前見た時は竜の尻尾で先端に火がついていたが、今は先端が男性器のような形をしている。

「っひぃ……っ‼　あ、あァ、――あっ、ん…………っ、ぁ、――く……っ」

ヌチュクチュと淫芽を捏ねられて、ベアトリクスは頭の中を真っ白にさせて絶頂した。

彼女は渾身の力でアバドンにしがみつき、呼吸を荒げてガクガクと体を震わせる。

激しい奔流にさらわれたあと、ベアトリクスはぐったりとアバドンに身を預けた。

「よい、……しょ」

彼女が脱力している間に、アバドンは硬く強張ったモノを出す。

そして硬い亀頭を蜜口に押し当てたかと思うと、ベアトリクスの腰を押さえてズブズブと埋めていった。

「つぅ、――――あぁあああぁ……っ‼」

太い一物に貫かれ、ベアトリクスは哀れな啼《な》き声を上げてアバドンにしがみつく。

大きく開かれた太腿はビクビクッと震え、逃げられないというのに腰をくねらせ、さらに挿入を深くしてしまう。

「可愛い声だな……。トリスはやっぱりこうじゃなきゃ」

陶然とした表情で言ったアバドンを、力の入らない目で睨んでもちっとも効かない。

「トリスの中はあったかくて気持ちいいな。柔らかいのに強く締めつけて、腰が溶けてしまいそうだ」

アバドンはゆっくり彼女を突き上げ、耳元でいやらしく囁く。

「やぁ、やだ……っ、やめてくださ……っ、んーっ！　ううっ、――ぃっ、……い」

拒絶の言葉を口にした瞬間、後孔を揉まれてくぐもった悲鳴が漏れる。

「おや、トリスはここが〝好い〟のか？」

アバドンはニヤニヤ笑い、窄《すぼ》まりをくるくると撫でて刺激を与える。

前の孔を硬い太竿に貫かれ、後孔にも刺激を受けて、ベアトリクスはギュウギュウと彼の屹立を食い締めた。

「やだっ、やですってば……っ、ぁ、あぁうっ」

「すっげぇ締まる……。気持ちいい。好きだ。可愛い」

アバドンの言葉を聞き、体が燃え上がったように熱くなった。

(私の体で……っ、気持ちよくなってる……？　こんな淫らな事をしているのに、〝可愛い〟？)

羞恥と罪深さでドキドキしているのに、甘やかされてベアトリクスの心がぐらつく。

「乳首、吸わせて」

ズンズンと突き上げながら、アバドンが甘えた声を出す。

そう言うなり彼は指を鳴らし、彼女のドレスの胸元をはだけてしまった。

「やぁっ」

ぶるんっと大ぶりな乳房が解放され、アバドンの目の前で弾む。

「手で持って、吸わせて」

「も、もぉ……っ」

抵抗しないといけないのに、小刻みに突き上げられて思考はすでにとろけている。

──気持ちよくなりたい。

罪深い思いが、彼女の手を動かした。

ベアトリクスは両手でずっしりとした乳房を支え、乳首をアバドンの口元に寄せた。

(本当の私は……っ、違う……っ、のに……っ)

心の中ではまだ僅かに抵抗しているのに、蜜壺を突き上げられると脳天まで喜悦が駆け上がる。結合部からは絶え間なくグチュグチュと濡れた音が立ち、耳から彼女の意識を支配していた。

「いただきます」

アバドンは嬉しそうに言い、ハァッと乳首に濡れた吐息を掛けてから、先端を口腔で包み込んできた。

ヌルヌルと乳首を舐められて、すぐにそこは切なく勃ち上がる。おまけに蜜壺までもがキュンと締まった。

「んンぅ……っ、あぁ、あ……、舐め……たら、やぁ……っ」

アバドンは舌で乳輪をなぞっては、チュバッと音を立てて吸う。いやらしく乳房をいじめられるたび、子宮がジンジンと疼き、さらに愛蜜の量が増して肉棒を濡らす。

その間、彼の尻尾の先端はずっとベアトリクスの後孔を撫で、つついていた。

「トリス、自分でここを弄ってみろ」

「……ふぇ……?」

アバドンは、気の抜けた返事をする彼女の指を肉芽に誘導した。

さやから顔を出している淫玉に触れた途端、ベアトリクスは鋭く息を吸って腰を反らした。

「だっ、駄目っ、ここは駄目……っ」

(ここは簡単に達ってしまう場所だから、自分で触るなんて絶対に嫌！)

必死に首を横に振ると、アバドンは意地悪く笑う。

「告解室でヤるのは罪深いんだろう？　早く終わらせたいなら協力してくれよ。トリスが気持ちよくなって締め付けてくれたら、俺も早く達くから」

「こ……のっ、悪魔っ」

罵りの言葉を口にしながらも、彼女は泣く寸前の顔をしている。

「絶対に……っ、ゆ、許しませんから……っ、ぁ、……あっ、ん――っ」

震える指先で濡れた淫玉に触れ、ヌルヌルと軽く撫でるだけでベアトリクスは絶頂した。

「――ひっ、ぅ、――っ、……あっ、あぁ……っ、あ、――くっ」

ベアトリクスは顔を真っ赤にして天井を仰ぎ、声が出ないように歯を食いしばる。

だがわななく唇の端から、タラリと涎が零れてしまった。

「あぁ、最高のイキ顔だ」

アバドンはそう言ったあと、先端から粘液を出して十分彼女の後孔をほぐした尻尾を、グプリと後孔に潜り込ませた。

「っんぁあああっ！　――――おっ、…………んっ、んぅーっ！」

ベアトリクスは目を見開き、あまりの淫劇に一瞬気を飛ばしかける。

その途端、アバドンは彼女の尻たぶを摑み、椅子がガタガタと鳴るほど激しく突き上げてきた。

後孔で男根の形をした尻尾がズポズポと前後し、あまりの悦楽に気がおかしくなってしまいそうだ。

「っあぁぁあぁうっ、～～～～やぁっ、達ったから……っ、達ってくださいっ、バカぁっ、嘘つきっ」

目の前で光が明滅し、ベアトリクスは悲鳴混じりの声を上げて腰を振り立てるしかできない。体は勝手にガクガクと震え、膣肉は彼の一物を強く吸い上げる。

エラの張った雁首が膣肉をさざめかせて前後するたび、名状しがたい愉悦がベアトリクスを包み、次の絶頂へと押し上げてくる。

ベアトリクスはアバドンの肩に涎を垂らし、背中をガリガリと引っ掻く。

前後の孔を犯されて気がおかしくなりそうな快楽に包まれているというのに、彼女の指は浅ましくも淫玉を撫で続けていた。

アバドンは汗に濡れた彼女の頬を撫で、髪をやさしく除けて尋ねてくる。

「トリス、好きだ。お前の事しか考えられない。トリスは？　俺を好きじゃない？」

〝アッシュ〟のグリーンの目がベアトリクスを覗き込み、愛を乞う。

身も心も蕩《とろ》かされたベアトリクスは、必死に呼吸を繰り返しながら、言ってはいけない言葉を漏らしかける。

「──っ、……す、────」

その瞬間、ズグンッと下腹が強く疼いた。

そこは契約の淫紋が刻まれた場所だ。

(しまった……！)

ベアトリクスは契約を思いだす。

(『好き』と言えば私の負けだ！)

悔しくなってギュッと歯を食いしばった時、ズンッと子宮口が亀頭に押し上げられ、後孔に潜り込んだ尻尾の先端が奥深い場所に突き入れられた。

「あぁあぁっ、も、──ぁ、あぁあぁっ、やぁあぁっ」

「──も、少し……っ、でっ、ぁ、────あっ」

アバドンが低く呻いたあと、ブルッと胴震いする。

そして膣内で彼の怒張がググッと膨らみ、ベアトリクスの最奥に熱い飛沫がドプドプと注がれた。

「…………ぁ…………」

その温かさに酩酊《めいてい》していると、アバドンが唇を重ねてきた。

長い舌で口内を暴かれ、ヌチュクチュと粘液質な音をたてて三つの孔を犯される。

「んぅ……っ、────んっ、むぅ……っ、うー……っ」

ベアトリクスは身も心もとろけそうなキスに酩酊し、ぐったりと脱力する。

チュポ……と小さな音を立ててキスが終わったあと、ようやく腰が持ち上げられて繫がりを解かれた。

彼女はガクガクと震える脚を叱咤《しった》し、壁にすがって何とか立つ。

──が、アバドンによって体を壁に押しつけられた。

「……えっ？」

はだけられた乳房が壁に押しつけられ、冷たいと思うより前に、目をまん丸にしてアバドンを振り向く。

すると濡れそぼった蜜孔に、いまだ衰えない肉槍の切っ先が押し当てられた。

「ちょ……っ」

（嘘でしょ……⁉　終わったんじゃ……！）

信じられないと目を剝いた時、ぐぶぅっと遠慮無く太い肉棒が侵入してきた。

「ぁあっ！　はうっ！　────う、……うぁあぁっ！」

ベアトリクスの額が壁に軽く当たり、乳房も苦しげに押し潰される。

「背徳的な場所でヤるの、たまんないな」

彼が嬉しそうに言ったのが聞こえ、ベアトリクスは「馬鹿あぁあ！」と泣き崩れる。

そのあとも二孔を犯され、ベアトリクスは我を忘れて嬌声を上げた。

＊＊

気がつくとベアトリクスは魔王城の自室に寝かされていた。

なぜ自分がベッドにいるのか、最初は分からずにいた。

だが徐々に、人間界に行った時の記憶が蘇る。

そして罪深くも神の家でとんでもない大罪を犯したと思いだし、一時間ほど落ち込んで動けなくなった。

気を取り直して着替えたあと、大きな声でシェムハザを呼ぶ。

「アバドンのもとに連れて行ってください！」

語気荒く〝お願い〟をしたベアトリクスに、魔王の有能な腹心は「仰せのままに」と微笑んだ。


「何か言う事は？」

腕を組み仁王立ちになったベアトリクスの前に、左頰に平手の後をくっきりとつけたアバドンが正座している。

勿論、ベアトリクスの渾身の平手を食らったのだ。それも、ありったけの魔力を込めた強化版である。

ふつふつと冷や汗を流した彼は、チラッと妻を見ては絶対零度の視線を浴び、目を逸らす。

「ごっ、ごめ…………、いや、謝らないぞ？　俺は謝らない！　断固拒否する！　俺というものがありながら、あいつに縋り付いたトリスが悪い」

アバドンは立ちあがると、自分も腕を組んでベアトリクスを睨み返す。

だがその目は動揺しきり、怒り狂った彼女の眼差しの強さにすぐ負けてしまう。

何せ憤怒の表情を浮かべているベアトリクスの顔ときたら、地獄の番犬もかくやの迫力がある。

鼻の頭に皺が寄り、こめかみがピクピクと痙攣していて、食いしばった歯から犬歯が覗いてもおかしくない。

アバドンが少し余計な事を言おうものなら、二発目のビンタが飛びそうだ。

彼女は自分の二の腕をトントンと指で打ち、ねちっこい声で問う。

「へぇ？　浮気扱いするのですか？　妻から信仰の自由まで取り上げるですか？　何もかも束縛するつもりですね。まぁ、実に悪魔的ですこと」

ネチネチと言われ、アバドンは弱った顔でシェムハザに助けを求める。

が、執事はスパッと一刀両断する。

「いや、どう考えても陛下が悪いでしょう。お話を伺った私ですらドン引きしました」

「ちょっ……！　お前、何言ってんの？　裏切り者！　こないだ『相手が神だろうが、奪えばこっちのもん』って言ってただろ！　なぁ！　嘘つき！」

〝神〟と言った途端ジュウッと舌が焼けるが、それどころではないらしい。

腹心にまで食ってかかる余裕のない魔王を見て、ベアトリクスは真剣に怒っているのがバカバカしくなってくる。

怒りは少し落ち着いたものの、彼への呆れは止まらない。

「イザベルにもこんな愛し方をしたんですか？」

軽蔑しきった目を向けられ、アバドンは気まずそうに視線を逸らす。

「だから今のお前が好きだから、三百年前の事は関係ないって言っただろ」

その言葉に面倒臭そうな感情がこもったのを、ベアトリクスは敏感に感じ取る。

だからなのか、言い返す声が少し大きくなった。

「〝魂に惚れた〟なんてフワフワした話、信じられる訳がないじゃないですか！　頭の中お花畑ですか！　顔立ちや体型、逞しい筋肉や暴力的なところなど、分かりやすい点を褒められたほうがまだマシです！」

ムシャクシャして自暴自棄になった言葉を、とても微妙な顔をしたアバドンに突っ込まれる。

「……顔や体型はともかく、後半は自虐入ってるぞ」

だがベアトリクスは動じない。

もともと渦巻いていた怒りのほか、イザベルの事でモヤモヤした気持ちも混じり、とても頑なになっていた。

「私は人間界でも異性とご縁がありませんでした。自分に魅力がないのは分かっています。ですからあなたがなぜ求婚するのか理解できません。一体私の何に惚れて、結婚しようと思ったのか……」

苛つきを叩きつけていたが、途中から八つ当たりも混じっていると気づき、彼女は大きな溜め息をつく。そして横を向いて自分の気持ちを落ち着かせた。

そんなベアトリクスを、アバドンは少しのあいだ静かに見つめていた。

やがて彼は息をつき、執務室の椅子に座った。

ベアトリクスは気まずく黙っていたが、アバドンに手招きされて「何ですか」とむくれながらも近づく。

シェムハザは何も言わず執務室をあとにし、二人きりになる。

「……触っても？」

アバドンはベアトリクスに手を差しだし、首を傾げて尋ねる。

「……いつも許可なく触っているくせに」

「ははっ、それもそうだ」

小さく笑ったあと、アバドンはベアトリクスの手を引いて自分の膝の上に座らせた。

「トリスの心の底にあるのは、自信のなさか？」

「っ……そんな事……ありません」

赤い目に見つめられ、心の奥底まで覗き込まれた気持ちになり、彼女はそっぽを向く。

「わ、私は姫様に信頼される聖騎士で、侍女です。公爵家の娘で、自分に誇りを持っています」

早口に言ったあと、ベアトリクスはどうだと言わんばかりにアバドンを睨む。

だがアバドンは神妙な面持ちのまま、彼女の頬を撫でて言う。

「……これからトリスを傷付ける事を言う。すまん」

「……何ですか」

眉間に皺を寄せて言ったベアトリクスを見つめ、アバドンは彼女の心の柔い部分に触れてくる。

「婚期が遅れていたんだろう？　人間の女は、十六歳から二十歳ぐらいが結婚適齢期だ。だがトリスは二十四歳。本当は焦っていたのに、『聖王女の侍女で聖騎士だから、男など不要だ』と強がっていたんじゃないのか？」

「…………っ」

ベアトリクスの頬がサッと赤くなり、彼女はとっさにアバドンの膝から下りようとする。だが彼にしっかりと腰を掴まれ、叶わない。

「本当は男に愛されたかったんだろう？　トリス自身〝同僚〟である騎士に免疫はあっても、自分を〝女〟として扱う〝男〟に耐性がなかったんだろ？　本当はどこかで想いを寄せてくる男に声を掛けられた事もあるはずだ。だがどう対応したらいいか分からず、すべてなかった事にした」

気遣う目と、心の奥底を探る言葉が、ベアトリクスに耐えがたいほどの苦痛を与える。

「……離してください」

「嫌だ」

力任せに振り払おうとしたが、アバドンのいつになく真剣な声を聞いてハッと彼を見る。

いつもベアトリクスが強気にでれば、アバドンはふざけながら引いてくれる。

なのに今は頑として言う事を聞いてくれない。

「トリスは男に耐性がない。どれだけ強がっても、お前は恋愛経験のない小娘だ。『自分に恋はできない』と思い込んで俺の言葉を聞き入れず、気持ちも最初から拒絶している。……そんなカチカチの心なら、たとえ前世を思い出しても、何一つ解決しない」

ベアトリクスは息を震わせながら吐く。

こんなに面と向かって「お前は女だ」と言われたのは初めてだ。

今まで貴族の男性からは「麗しの聖騎士様」と言われ、騎士からは「女だてらに聖騎士となった見上げた奴」と言われていた。

「凄い」と言われて自慢に思っていた。聖騎士である事が自分の価値だから、女性としての幸せは無視していいと思い、生き方に疑問を抱かなかった。

――疑問を抱かないよう、目を逸らし続けていた。

「そんな……事、ありません」

抵抗するも、その声はとても弱々しい。

「トリスが俺に対して素直になれないのは、魔王だからだけじゃない。本当は俺の事を受け入れているのに、女扱いされた事がないから戸惑っているだけだ」

不意にアバドンの声音が柔らかくなり、いい子いい子と頭を撫でられる。

そうされて、硬く強張っていた心が、ふっ……と柔らかくなった。

――いや、なってはいけない。

（駄目……っ）

涙を零したベアトリクスは、必死に両手でアバドンの胸板を押し返す。

そんな彼女の耳に、アバドンは優しく囁いた。

「俺はお前が好きだ。『どこが好き？』という質問が陳腐に思えるほど、沢山の魅力を知っている。でもトリスが求めているのは、形だけの〝言葉〟じゃないだろ？」

「……っ、……うぅ……っ」

呼吸を乱し嗚咽《おえつ》を漏らしたベアトリクスは、唇を震わせ乱暴に涙を拭う。

アバドンはその手を優しく握り、流れた涙を舐め取る。

魔王のくせに、その舌は柔らかく温かい。

抱き締める体からぬくもりが伝わり、厚い胸板を通して、低く耳心地のいい声が伝わってくる。

彼と一緒にいると、つい弱い自分を認めてしまいそうになる。

長い間、「弱さを見せたら駄目だ」と自分に言い聞かせていたのに、アバドンに甘えていると、自分の芯がグズグズに溶けて形をなくしてしまいそうだ。

（……私はずっと、それを怖れていた）

また新たに涙の雫が頰に滴り、ベアトリクスは弱々しく息を吐く。

「……確かに私は、素の自分と向き合うのを避けていたかもしれません。〝女性〟である自分が何を望んでいたか、ずっと目を背けていました。……でもあなたに求められ、自分の中に沢山の未知の感情が生まれたのです。〝それ〟は今までの自分が持っていなかった気持ちで、認めてしまったら自分が弱くなってしまいそうで……。……っ、怖かった……」

まっさらな心を晒したベアトリクスは、涙を零し、偽らない言葉を口にする。

洟《はな》を啜《すす》る彼女を、アバドンは慈愛の籠もった目で見つめていた。

「……自分の弱さは認めます。でも、あなたがなぜ私を好きだと言うのか、その理由を知りたいです。納得できなければ、あなたの気持ちを受け入れる事はできません」

素直な返事をした彼女に、アバドンは優しく笑いかける。

「分かった。具体的にどうすればいい？　何でも言う事を聞こう」

尋ねられ、ベアトリクスはずっと思っていた事を口にした。

「前世について知りたいです。リヒテンバーク聖王国でイザベルや三百年前の魔王討伐の記録を調べたいです。あなただって、私に前世の記憶を思いだしてほしいのではないですか？」

「……一つ言っておく。俺は前世の記憶なんて求めていない」

そう言われ、ベアトリクスは反対されているのかと思って彼を見つめる。

「……だがトリスが調べたいと言うなら、協力したい」

「感謝します」

まだアバドンに「好きだ」と言えない。

もし自分の気持ちと向き合うなら、すべてを知った上でもう一度考え直したい。

（……取り乱したわ）

遅れて照れくさくなったベアトリクスは、彼の膝の上から下りる。

「理解してくださり、ありがとうございます。告解室での事は許していません。ですが自分と向き合うきっかけを、与えてくれた事については感謝しています」

「ん」

アバドンは優しく目を細める。

そんな彼の頬の腫れは、いつのまにか綺麗になくなっていた。

「節操のない体ですね」

異常な回復力を見せる魔王の体に、ベアトリクスは呆れて笑った。

第五章　三百年前の魔王

翌日からベアトリクスは、魔界と聖都を行き来して調べ物を始めた。

アバドンに魔法を掛けてもらったので、人間界では透明人間として振る舞えるらしい。

独り言を口にしても、咳やくしゃみをしても誰にも聞こえないそうだ。

足音も消せるので、秘密の調べ物にはうってつけだ。

首にはアバドンが作ってくれた魔法のペンダントがあり、魔法の鏡を使って二つの世界を行き来する際の、通行証の役割を果たしているらしい。

ペンダントにはアバドンの魔力が蓄積されていて、願いを込めるとあらゆる魔法が使えるようだ。

「調べ物をして室内を荒らしてしまっても、『元に戻れ』と念じれば片付く」

アバドンはご機嫌でペンダントの説明をする。

「ありがとうございます。アクセサリーとしても可愛いです」

ペンダントは楕円《だえん》形のオパールの周りに金の縁が施され、そこに小さなダイヤモンドがグルリとはめ込まれている。

「俺って何をやらせても最高な夫！　お礼がしたいって？　キス一つでいいなんて、素晴らしい夫だなぁ！」

アバドンは目を閉じて唇を突き出す。そんな彼を、ベアトリクスは無表情で見た。

「…………」

「…………」

「あの……。ベアトリクスさん？　この間《ま》がつらいんですが」

そう言われ、彼女はハァーッと大げさに溜め息をつく。

「仕方がないですね。犬だって褒美をやらないと、せっかく教えた芸をしなくなりますものね」

「犬……」

思わず真顔になったアバドンの頬を両手で包み、ベアトリクスはそっと唇を重ねた。

優しく唇をついばんで顔を離したが、アバドンがより深いキスをしてくる。

「ん……。ん、む……」

アバドンは舌を絡めて口内を探ってくる。

クチュクチュと濡れた音を立てて求め合い、彼女は下腹に宿った疼きを我慢した。

どれぐらい唇を貪られたのか、ようやくアバドンが顔を離す。

「……とろけた顔をしてる」

アバドンは小さく笑い、指の背中で頬を撫でてくる。

「してません。……私は出掛けますからね」

ベアトリクスは怒ったふりをし、彼に背中を向ける。

だが確認したい事があり、尋ねた。

「封印された時、イザベルの最期を見ましたか？」

「……封印される間際、俺はイザベルの血でできた魔方陣の中にいて、力を奪われていた。鈍くなっていく意識の中で、最期まで見守れたかと言ったら……どうかな」

ベアトリクスは彼の返事を聞いて疑問を持つ。

「あなたなら、死にかかった人間の一人ぐらい、封印される間際でも救えたのではないですか？」

そう尋ねても、アバドンは何も言わず微笑むだけだ。

明らかに何かがある。

だがこれ以上追求しても、彼は決して口を開かないのが分かった。

「……言いたくないならいいです。私は聖都に行って調べ物をします」

そんな、可愛げのない言い方しかできない自分が嫌になる。

「食事の時間になったら迎えに行く」

「分かりました」

執務室を出て、鏡の間に向かう足は迷いを振り切るように速い。

いつもベアトリクスの言う事を何でも聞いてくれる彼が、イザベルに関する事になると秘密主義になるのが腹が立つ。

「バカ」

呟いて、彼女は溜め息をついた。

＊＊

鏡の間に着くと、シェムハザの分身が待機していた。

そしてベアトリクスに、魔界と人間界の行き来の仕方を教えてくれる。

念のため、初回はシェムハザにエスコートしてもらった。

鏡に向かって一歩踏み出すと、ベアトリクスは王宮の敷地内に立っていた。

幸い周りに人はおらず安堵する。

「では私はこれで。もし戻れなければ、ペンダントを握って陛下か私をお呼びください」

「ありがとうございます。今はもう、私の姿は他の人に見えていないのですか？」

「左様でございます。安心していってらっしゃいませ」

シェムハザに挨拶をして、ベアトリクスは敷地を歩き始める。

正門は南側なので、そちらに歩いていく。

途中で歩哨《ほしょう》とすれ違ったが、彼らはまったくベアトリクスを見ない。少し調子に乗って「すみません」と呼びかけてみたが返事をしない。さらにパンパン！　と手を鳴らしても反応がない。

(本当に私の姿が見えていないんだわ)

これで心置きなく調べ物ができると安心したベアトリクスは、ペンダントを見る。

「ペンダントの力を確かめるのは、また後にしましょう。何でもかんでもアバドンに頼るのは良くないわ」

大聖堂は王宮の東側にあり、西側には資料保管庫や宝物庫、武器庫などの建物がある。

それに伴って警備も多いが、ベアトリクスはスイスイと歩いていく。

歴史的な資料がある保管庫の前には、二人の見張りがいる。

(いくら何でも扉が開いたら、私が見えなくてもおかしいと思うわよね。それに鍵が掛かっているだろうし……)

そこまで考え、ある事を考えついた。

(ペンダントの力で通り抜けたら?)

いい案だと思い、ベアトリクスはペンダントを握りしめ、扉に向かって歩いた。

ぶつかるというところでギュッと目を閉じた時、妙な感覚が体を包む。

そして目を開くと、彼女は保管庫の内側にいた。

保管庫は普段使用されていないため、明かりも灯されておらず薄暗い。

少しひんやりした空気は、あまり換気がされていないからか少し淀《よど》んでいた。

「……よし。遠慮なく探しましょう」

ベアトリクスは建物の奥に向かう。

保管庫は入ってすぐにあるホールから、各部屋へ直接繋がる構造をしている。

（地道に捜すしかないわね）

手前にあった部屋に入ると、中央に重たげなチェストが幾つも置かれ、壁際には束ねられた羊皮紙や巻物などが詰まった棚があった。

「……なるほど。これは骨が折れそうだわ」

気合いを入れると、ベアトリクスは手近にあった巻物を広げた。


「はぁー……。なかなか……それらしい物はないわね」

埃《ほこり》が舞う保管庫で呟いたベアトリクスは、アバドンからもらった時計を確認する。

時刻は昼近くになっていた。

一つ目の保管庫をざっと調べても、この国の儀式や祭などの記録があるだけだ。

二つ目の部屋には過去に収められた農作物の量などが書かれた記録があり、三つ目の部屋は国税に関わる帳簿ばかりだ。

そして四つ目の部屋で、ようやく歴史関係の資料を見つけた。

そこをじっくり捜し、ようやく三百年前の報告書などを見つけた。

破損しないように慎重に開き、ペンダントに明かりを灯して資料を読んでいく。

だが得られたのは、ベアトリクスがすでに知っている情報とさほど変わらない。

竜の加護を得た竜王子アレクシスが、魔王討伐を発起した。

彼は聖王女に片思いをしていて、聖王女も彼を憎からず思っていたようだが、国王夫妻があまりいい顔をしなかったようだ。そこでアレクシスは、魔王討伐をなし得たあかつきには、聖王女をもらい受けたいと申しでた。

悪天候に辟易《へきえき》としていた国王は、「どうせできるはずがない」と思い受け入れた。

アレクシスは大陸一と名高い魔術師バジルを雇い、教会で一番の戦闘力を誇った僧侶戦士ギュンターを仲間にする。

そして聖王から命じられ、聖王女の護衛をしていたイザベルが目付役として参加した。

遙か北の地にある魔の山を目指す道中で、彼らは多くの魔族に襲われた。

その戦いを綴ったアレクシスの日記が、現在ベアトリクスが読んでいる資料だ。

「戦いの日々は詳しく書かれているのに、魔王討伐に関しては記載が曖昧だわ」

想像しても、アバドンが人間にあっさり倒されたと考えにくい。幾ら処女の血があったとはいえ、あれだけ巨大な力を持つ彼があっさり封印されるはずがない。

アバドンやシェムハザからも、「まったく本気を出していなかった」と聞いている。

「彼はとても強い魔王のはずなのに……」

「呼んだか?」

その瞬間、背後から声を掛けられて抱き締められた。

「っひぃっ！」

とっさにベアトリクスは肘で後ろを突く。

ドスッと何かに当たる感触があり、「ぐぅっ」とうなり声が聞こえる。

こんな事をするのは一人しかいない。

冷めた目で振り向くと、軍服姿のアバドンがうずくまって腹部を押さえていた。

「…………何やってるんですか」

「……オレノ嫁サン強イ……」

「頭を踏みますよ？」

「スカートの中が見えるなら、ご褒美です」

口の減らないアバドンに溜め息をつき、ベアトリクスは四つん這いになったアバドンの上にどっかりと腰掛けた。

「何の用ですか？　私を驚かせにきただけなら、今後の関係を考え直す必要があります」

「これはこれでご褒美だな……」

「……もう。本当に変態ですね」

呆れて立ち上がったベアトリクスは、彼の前で腕を組み仁王立ちになる。

「ですから、何をしにきたのです？」

這いつくばった魔王は、そろそろと顔を上げて正座する。

「昼食の時間になったから、迎えにきた」

「なるほど。確かにお腹が空きましたし、行きましょうか」

あっさり快諾すると、アバドンが立ち上がった。

「少し移動しよう」

彼に肩を抱かれたかと思うと、一瞬めまいがする。

気がつくと、二人は屋外にいた。

「え……と」

目の前には闘技場があり、賑《にぎ》わいを見せている。

周囲には出店があり、一般開放されているようで民が買い物を楽しんでいる。

「……そうか。今日は昇格試合の日ですね」

隣にいるアバドンを見ると、彼は人間の姿になっていた。

「闘技場にトリスの家族がいる。遠くからでいいなら、顔を見ていくか？」

一時はベアトリスが逃げようとしていると勘違いしてお仕置きまでしたのに、理解を示したあとのアバドンはとても物分かりがいい。

(こういうところは、理想の夫と思っていいのかも……)

心の中で呟いた時、淫紋が疼いた気がしてハッとする。

アバドンに気づかれないように気持ちを切り替え、ぎこちなく微笑んだ。

「ありがとうございます。では少しだけ」

歩き始めた二人は、周囲にきちんと認識されているようだ。

だがやはり〝ベアトリクス〟としてではない。

闘技場の階段を上って観客席に立つと、熱気と歓声がワッと押し寄せた。

懐かしみながら、ベアトリクスは説明する。

「月に一度、騎士が階級を上げるための昇格試合が行われるんです。民にも闘技場付近が開放され、ちょっとしたお祭りになります」

中央で戦っている騎士の、腕に青いリボンをしたほうが挑戦者だ。

かつて自分も戦った事を思いだし、ベアトリクスは自然に微笑んでいた。

ロイヤルシートを見ると王族が座っていて、シャルロッテの姿もある。その側には元帥である父や、騎士団の上層部で働いている二人の兄の姿もあった。

家族たちはいつものように厳しい表情で試合を見ている。だがその顔に覇気がないのは、娘の顔を久しく見られていないせいだろう。

シャルロッテに会ったあと、ベアトリクスは家族に宛てた手紙を書き、それをアバドンから聖王女のもとに届けてもらった。

うまくいけば、家族は彼女の無事を確認しているはずだが……。

「あれがトリスの家族か。……いかついな」

感傷に浸っていたものの、アバドンの言葉を聞いて笑ってしまった。

「父や兄たちが本気で怒ると怖いですよ。私でも止められるかどうか」

「逆に止められると思ってるところが、さすが俺の嫁さんだな」

「聖騎士ですから」

誇らしげに顔を上げると、アバドンが笑う。

ベアトリクスも一緒になって笑い、「はぁ」と溜め息をついて踵《きびす》を返した。

「行きましょうか」

「もっと見ていなくていいのか?」

アバドンの気遣いに感謝しつつ、ベアトリクスは首を横に振る。

「これ以上見ていると、話したいとか帰りたいとか、余計な感情が強くなります」

いくら自由に人間界に来られるようになっても、約束を破ろうと思わない。

どれだけシャルロッテや家族が恋しくても、契約がある以上、勝手な真似をするつもりはない。

「……すまん」

すると珍しくアバドンが申し訳なさそうな顔をした。

(きっと気を遣ったつもりだけど、逆に私につらい思いをさせたと感じたのかしら)

ベアトリクスが少しずつ気持ちを変化させているように、彼も理解を示してくれている。

その変化が今後の二人にどう影響を与えるか――、考えるのをやめて、ベアトリクスは階段を下りていく。

「どこか飯屋にでも入るか?」

「いいんですか? お気に入りのお店があるのです」

「分かった。付き合おう」

（不思議ね。魔王と普通にデートしているなんて）

自分の変化に戸惑いながらも、ベアトリクスは自然に彼の腕に手を絡ませていた。

＊＊

翌日もベアトリクスは聖都に来ていた。

（教会を調べたら、聖王となったアレクシスやギュンターについて分かるかもしれない）

勿論、教会に忍び込んで調べ物をする事に抵抗はある。

だがアバドンに「自分に自信を持てない」と言われたままなのは癪《しゃく》に障る。

イザベルの事さえ分かれば、自分の気持ちがハッキリすると思っていた。

今感じている不安を払拭し、今度こそ彼としっかり対峙したい。

自分を突き動かす原動力がアバドンである事を、彼女は自覚していなかった。

透明人間化したベアトリクスは、扉をすり抜けて大聖堂の深部に入った。

途中で司祭や修道僧とすれ違ったが、やはり気づかれない。

後ろめたさを感じながら、ベアトリクスは奥へ進んでいった。

「ここが保管庫ね」

奥にある部屋には中央にチェストが置かれ、壁際にはびっしりと書類が収まった棚がある。基本的な造りはどこも同じだ。

ベアトリクスはペンダントに明かりを灯し、手近にあった巻物を紐解いた。

大聖堂に入ると、相変わらず頭痛がする。

だが動けなくなるほどではないし、痛みには耐性はある。

（子供の頃からだけど、この頭痛は一体何なのかしら。……それに私、何とか聖騎士にはなれたけれど、聖属性の魔法の適正がほぼないのよね。それと何か関係がある？）

痛みに眉間に皺を寄せながら、ベアトリクスは魔法で作った椅子に腰掛けて資料を読み始めた。


だがどれだけ探しても、手応えはない。

当たり障りのない記録があるばかりで、求めているものは見つからない。

「おかしいわね。ギュンターは老齢で亡くなるまでこの大聖堂にいたわ。彼がどういう人となりであったか、列聖されるに至る善行が記されてもいいと思うのだけど」

すっかり独り言が大きくなったベアトリクスは、靴音を立てて歩き、棚に並ぶ記憶球を見る。

記憶球とは片手で持てる大きさの丸い水晶で、その中に大切な思い出や思念、その場の風景を封じ込めるものだ。

裁判所では記憶球が有効利用され、証拠となっている。

　一般に流通している記憶球は、魔力を流すだけで記憶させたものを映像として投影できる。

　だが秘密の内容や国に関する記録の場合は、合い言葉が必要になっていた。

　ここに保管されている記憶球は、ベアトリクスが「見たい」と念じて触れただけで、あっさりと映像を浮かびあがらせた。

　だが見られるのは歴代聖王のスピーチなど、当たり障りのないものだ。

「どうしたものかしらね……」

　仁王立ちになって腕を組み、ベアトリクスは保管庫を睨む。

「隠し扉でもあったりして。開けゴマー……。なんちゃって……」

　そう言った時、胸のペンダントが微かに光った。

　同時に室内のどこかで低い音がし、空気が流れたのを感じた。

「……え？」

　慌てて室内を見回すと、保管庫の一番奥にある棚が動き、人が通れるほどの穴が開いていた。

「よ……よし。お手柄よ！　ペンダント」

　ベアトリクスはペンダントを撫で、隠し通路の奥に進んだ。

「ここは長い間、人が入っていないようね。匂いが少し……」

　保管庫も羊皮紙やインクの匂いが充満していたが、奥の部屋は長い間閉めきったままだったのか、淀んだ空気の中にカビ臭さを感じた。

部屋には書類や記憶球がぎっしりと詰まった棚やチェストがあり、奥にある出入り口の外には、広々とした空間があった。

天井は暗い上にとても高くて見えず、おそらく祭壇の後ろにある空間なのだろう。ずっと左、祭壇の真裏には、地下へ続く階段が見えた。

「地下墳墓に繋がっているのだわ」

今は聖都の郊外に墓地があり、墓を管理する教会が建てられて、修道僧たちが死者を守っている。

だが昔の葬儀はとても簡素で、遺体はそのまま土葬され、時に腐肉や骨が地表に出ていたという。

教会はその頃の誰のものと分からない骨を気の毒に思い、現在の大聖堂を建てる前に、骨を拾い集めて地下にまとめて葬ったという。

教会の地下であれば、彼らの魂も彷徨《さまよ》わないだろうと考えての事だ。

「遙か昔の聖人なら、地下に埋葬されている……？」

聖都の平和記念広場には、四勇者の銅像や祈念碑がある。

巡礼または観光に来た者は、そこに献花して平和の祈りを捧げていた。

魔王封印の犠牲となったイザベルの祈念碑には花が絶えないし、彼女はアレクシスと並んで人気がある。

さらにベアトリクスはシャルロッテからこうも聞いていた。

『アレクシス聖王と当時の聖王女は、地下墳墓の奥で眠っているわ。基本的に大聖堂には王族やその血縁が埋葬されているけれど、例外として四勇者の遺体があってもおかしくないわ。イザベルは旅の途中で亡くなってしまい、バジルはどこで命を落としたか分からない。けれどギュンターならきっと地下にいるんじゃないかしら』

（なら、あの階段を下りた奥に？）

確認しようと思ったが、地下墳墓にはあとで行く事にして、一旦資料室まで戻った。

棚にあった羊皮紙を手に取ったが、随分昔の物らしく、重なっている部分を慎重に捲らなければいけなかった。

またしばらく資料めくりをしなければならないと思っていたが、彼女はすぐに困惑した声をだす。

「なに……？　これ」

その羊皮紙は、いわゆる始末書だった。

「酒を飲んで泥酔し……酒場を破壊した挙げ句、帰りに女性を強姦《ごうかん》……？」

名前の知らない修道士だが、聖職者として信じられない悪行に思考が止まりかけた。

だがベアトリクスは、シャルロッテとの会話を思いだした。

『昔のリヒテンバーク聖王国はとてつもない権力を持っていたわ。聖王家は強い祈りの力を持っている事で、神の代行者とされていたの。当時は今ほど精霊魔術が浸透していなかったから、聖なる力で魔物を退けられる聖王家は崇められていた。同様に聖職者も権力を持ち、それを笠《かさ》に着て蛮行を働いた者もいたと聞くわ。私たちはそのような過去を認めて、正しく民を導かないといけないの』

「……そういう者がいたのは確かなのだわ」

頷いたベアトリクスは、始末書を元の場所に戻した。

それから手にした物には、教会の裏の顔と言っていい記録ばかりがあった。

記憶球にはリンチや強姦の映像もある。汚点なのでここに隠したのだろう。

「………はぁ……」

すっかり気が重たくなり溜め息をついたが、ベアトリクスは手を動かし続ける。

そしてとうとう、三百年前の魔王討伐に関わる記録を見つけた。

羊皮紙を小さく切って手帳大にし、糸で縫い合わせ製本した物だ。

(これは昨日見たアレクシスの日記と同じ筆跡だわ。でもなぜ日記が二つあるの？)

疑問はすぐに解けた。

読み進めていくうちに、ベアトリクスの表情がどんどん曇っていく。

『ふんぞり返った聖王国を我が物とするには、聖王女を私の女にする必要がある。だからどうしても魔王を退治しなければならない。正直、面倒で仕方がない』

アレクシスが聖王女を求めていたのは事実として、崇高な使命に駆られたからではなかった。

ページをめくると、どんどん嫌悪が増していく。

『イザベルは本当にいい女だ。些か気が強いが、胸が豊かで尻も大きい。着替えを覗いたが、愚息が反応するほど官能的な体だった。性欲処理として抱くには丁度いい。聖王もそのつもりで同行させたのだろう』

イザベルは勇者とは名ばかりの獣から、性的な目で見られていた。

彼女が自分の前世だと言われている事もあり、アレクシスへの嫌悪はますます大きくなっていく。

「どうしてこんな人物が勇者など……」

『マッサージと称してイザベルの体を触ってやった。引き締まっていながら柔らかく、実にいい触り心地だった。私が聖王となったあかつきには、側女とするのも悪くない。聖王女と二人同時に可愛がってやろう』

「…………っ」

手記をその場に叩きつけたいのを堪え、ベアトリクスは一度大きく深呼吸する。

これは〝裏〟の手記だ。

アレクシスは聖王となったほどだから、愚かな男ではなかったのだろう。

〝表〟の手記は国宝となった。だが〝裏〟の手記がここにあるという事は、恐らくギュンターに託されて隠されたのではないだろうか。

だとすれば、ギュンターも同類である可能性が高い。

我慢して手記を読み進めていくと、とうとう魔王城を前にしたページとなる。

『やっとここまで来た。明日は魔王城に攻め込み、悪の化身を打ち倒す。イザベルには処女の血を流してもらうが、どれほどの量が必要か魔術師は詳しく言わない。私の側女として共に帰還できればいいのだが……』

そこから後は書かれておらず、空白のあとにグチャグチャになった筆記で訳の分からない文字が書かれてあった。かろうじて『怖い』『化け物』などが読み取れ、とてつもない恐怖に襲われたのが分かる。

そのあとのページは真っ白で、何も書かれていなかった。

「勇者と魔王が対峙した〝その時〟に何があったか、誰も語っていない。……アバドンすらも」

ベアトリクスは日記を閉じ、元の場所に戻した。

さらに手がかりを捜したが、それ以上の収穫はなかった。

動き回って汗を掻いているのに、心も体も冷えている。

これ以上ここにいても何もないと思ったあと、次に探す場所として脳裏によぎったのは、地下墳墓への入り口だった。

「……墓荒らしは死者への一番の冒瀆《ぼうとく》だわ。でも私が彼らなら、墓まで持っていきたい秘密は、自分の〝側〟に置く。棺なら誰も開けないもの。アレクシスは協力者を得て、最大の禁忌を闇に葬った。聖王となった彼やギュンターなら、当時の最高権力者と言えるから、何でもできるわ」

呟いてからベアトリクスは、地下墳墓に向かった。

広い空間に出て階段を前にすると、地下から冷気が漂ってきている気がして、悪寒が走った。

胸元のペンダントを確認すると、ちゃんと光ってくれている。

だが神域に入っているからか、それほど強い明かりではなかった。

「松明ぐらいあってもいいと思うけれど……」

こうなったら最後まで突き止めないと納得できない。

探していると、階段の近くに古ぼけた松明を見つけた。ベアトリクスは側にあった布きれを先端に巻き付け、ペンダントを握って「燃えて！」と念じた。

その途端ボンッと松明に火が灯り、力を弱めているとはいえ、ここまでの威力を見せるアバドンの魔力に驚く。

「なのにまだ、本当の意味で封印が解けていないのだっけ」

十分すぎる力を持っていると思うが、魔王ともなればそうはいかないのだろう。

「……思っていたより、まともな王だしね」

呟きながら、ベアトリクスは松明を片手に階段を下っていく。

すると入り口付近に、古い剣があるのを見つけた。

「うん、これは使えるわ。何が出るか分からないし」

聖騎士の感覚で言えば、大聖堂の地下墳墓であってもダンジョンと同義だ。

幾ら聖都の地下でも、死者が眠る場所には不死者《アンデッド》が出やすい。

「切れ味は期待できないけど、魔力を込めたら何とかなるかもしれない」

松明を持ったままでは、鞘《さや》から抜剣できない。

なので抜き身のまま持ち歩く事にした。

慎重に進んでいくと、やがて松明の火に照らされて、黄ばんだ骨が左右の壁にびっしり積まれているのが見えた。

髑髏《どくろ》が虚ろな眼窩《がんか》をこちらに向けているのを見ると、腹の底がヒヤッとする。

「王宮の北側は湖。地下墳墓はそちらに向かって広がっているのね。どうりで空気が湿っていて冷たい訳だわ」

松明があるので、ペンダントの明かりは魔力温存のために消しておいた。

アバドンいわく「魔界から常に魔力を供給しているから、魔力切れは起こさない」らしいが、念のためだ。

松明の火に合わせて髑髏の影も揺らめき、不安を煽る。

ベアトリクスはダンジョンでの実施訓練を経て、体力も精神も限界になるまで追い詰められた試験を合格して聖騎士となった。

だが長らく穏やかな生活を送っていたため、戦いの場での不安感、緊張感をすっかり忘れていた。

酷い頭痛に苛まれながら、ベアトリクスは祈りの言葉を唱え続けていた。

「ん……？」

どれだけ進んだか分からなくなった頃、異音を耳にした。

立ち止まると、〝何か〟の気配がある。

（……出た……？）

ベアトリクスの表情に緊張が走る。

彼女はいつでも戦えるように筋肉を緊張させ、足音を忍ばせて進んだ。

耳を澄ますと、静寂の中でカク……カク、と硬い物が擦り合う音がする。

曲がりくねる通路の角からチラッと奥を窺うと、スケルトンが蠢いているのが見えた。

行く当てのない魂が集う場所は、闇と死に属する魔力が集いやすい。腐肉や骨に魔力が宿り、知能もなくただ動き回るの不死者《アンデッド》を生む。

「通り抜けるしかないわね」

ベアトリクスは聖騎士として、剣に聖なる力を宿して戦える。

しかし、それには代償があった。

「主よ、我に光の加護を！」

祈りを高めると、凄まじい頭痛がベアトリクスを襲った。

「つぐぅ！」

いつもこうだ。

聖なる力を武器に宿して戦おうとすると、酷い頭痛に見舞われる。

教会に入った時とは比べものにならない痛みに、彼女は歯を食いしばった。

今の声でこちらに気づいたスケルトンを睨み、ベアトリクスは腹の底から大きな声を出した。

「押し通る！」

ベアトリクスは地を蹴って走り、横に剣をなぎ払った。

近くにいたスケルトンが、腰骨からボロッと崩れ、真っ二つになったあと浄化されていく。

「天にまします我が偉大なる神よ！　悲しき死者に救いの手を差し伸べたまえ！　無明をさまよう哀れなる者を、大いなる慈悲の光で照らし、輝く神の軍団を率いる大天使のもとへ連れていかん！」

祈りの言葉を口にするたびに頭痛が増す。

彼女の剣には金色の光が宿り、スケルトンを攻撃すると同時に浄化していった。

十体ほどいたスケルトンは間もなく沈黙したが、ベアトリクスは走るのを止めない。

最深部はまだ先だ。

分岐した通路の奥には、もっと多くのスケルトンがいるだろう。

最深部に通じるだろう道は、石畳によって整備されているので分かりやすい。

そこのみをまっすぐ進んでいるが、あまり目立てば別の通路にいる敵を引き寄せてしまう。

一人でいる以上、他の敵を呼び寄せる愚行は犯すべきではない。

ベアトリクスは全力で走りつつスケルトンを浄化し、奥へ奥へと進んでいった。


気が付けば、大きな空間が目の前に広がっていた。

「ここが最深部……？」

左右には重たげな石の棺が並び、奥へ続いている。

手前が一番古いようで、石の棺にはリヒテンバーク聖王国の開祖の名前が刻まれていた。

「地下墳墓の正式な入り口は、湖の向こうとされている。奥から来るのが正しい訪れ方として、奥に行けば新しい棺があるはず」

ここまで来ておきながら、ベアトリクスは墓を暴く罪悪感に苛まれている。

だがアレクシスの裏の顔を知ってしまった以上、イザベルがどのような結末を迎えたのか知る義務がある。

ベアトリクスは松明と剣を持ったまま、荒くなった呼吸を整えて進む。

ときおり棺に刻まれた年代や名前を確認し、「まだ先ね」とさらに歩く。

やがて――。

「この辺りだわ」

年代が二百八十年ほど前の聖王の棺に、アレクシスと名前が彫られている。

その近くに、ギュンターと彫られた棺もあった。

「………どう、すべきかしら」

呟いて、ペンダントの魔力で松明を支える台を作り、そこに松明を立てかけた。

ベアトリクスはしばらく考えていたが、やがて決意する。

「ここまで来たなら、罰を受けるわ。今の私は魔王妃ですもの」

開き直った彼女は、聖王アレクシスの棺に手をかけ、「ふんっ」と腰と腕に力を入れた。

女性一人の力では動かないと思ったので、ペンダントによって力を増す。

袖の下で腕の筋肉がググッと膨れ、食い縛った歯の間から息が漏れる。

やがて重たい石の蓋が、ズッ……と音をたてて浮き上がり、徐々にずらされていく。

ズズズ……と石が擦れ合う音がして、棺の上に掛けられた白い布ごと、蓋がズンッと床に落ちた。

「つはぁ……っ、は、はぁっはぁっ……」

全身に汗を浮かばせているのに、体はすぐに冷えていく。

呼吸を整えたベアトリクスは、「主よ、お許しください」と胸の前で聖印をきった。

棺を覗き込むと、白地に金糸で刺繡が入った装束を身に纏った遺体が眠っていた。

完全な骸骨になっていないのは、湖の底で湿気があり、屍蠟《しろう》になっているからだろう。

静かな眠りについているアレクシスを、ベアトリクスは冷ややかな目で見る。

「……聖王アレクシス……。とうとう会えましたね」

朽ちた肌に金髪を数本貼り付かせたアレクシスは、虚ろな眼窩をベアトリクスに向けている。

「イザベルを性的な目で見ておきながら、あなたは聖王女と添い遂げたのですね」

ベアトリクスは冷たい声で言い、アレクシスの足元にある記憶球を手にとった。

「聖王の権力を利用して、都合の悪い物は墓の中に持ち込んだのですね。ですがイザベルの生まれ変わりと言われている私には、すべてを知る権利があります」

三百年前の記憶球は表面が曇っていて、役目を果たせるか分からない。

ベアトリクスはアレクシスの亡骸をそのままに、棺に背中を預けて地に座り込んだ。

ドレスのスカートで記憶球を磨くと、少しだけ透明感が戻った。

「見せて」

アバドンがくれたペンダントを握り、念じてみる。

だが思った通り、記憶球は反応しない。合い言葉が必要なのだ。

「……アンジェリカ」

アレクシスの妻となった聖王女の名前を口にしてみたが、やはり反応がない。

溜め息をついたベアトリクスは、保管庫で見た資料やアレクシスの日記を思いだす。

彼が好んだ食べ物や色、愛馬の名前や、祖国の山や川の名前など、思いつく限りの単語を言ってみた。

「駄目……か……」

ベアトリクスは溜め息をつき、天井を見上げる。

座り込んでいるので体が冷え、地下に一人でいるからとても心細い。

「主よ、お助けください」

呟いた時、またズキッと頭が痛む。

「えっ？」

同時に膝の上にある記憶球が、ぼんやりと光った。

「……祈りの言葉？」

呟き、彼が腐っても聖王であると思いだした。

〝裏〟の顔を知ってしまったので、彼が信心深い人とは思わなかった。

それからベアトリクスは、基本的な祈りの言葉を唱えてみた。ミサで用いられる祈りの言葉から聖歌まで、ありとあらゆるものを口にした。

だが記憶球はぼんやりと発光するだけで、映像を映さない。

「一体何の祈りが……」

呟いて、ふ……とある思いが胸をよぎる。

アレクシスは非道な男と思っていたが、もし彼に人の心があり、イザベルを死なせた事に罪悪感を得ていたなら――？

（勇者の一行として、仲間を悼む気持ちがあったかもしれない）

そう思い、ベアトリクスは死者を悼む祈りを口にしてみた。

「主よ。汝《なんじ》のもとに旅立った者を、大いなる門を開いて悦びの野に迎えたまえ」

唱え終わったあと、記憶球から眩《まばゆ》い光が放たれて周囲を明るく照らした。

「！」

暗がりに慣れていた目に、その光は強すぎた。

ベアトリクスはとっさに手で目を庇うが、薄い膜を通して聞こえるような音に顔を上げた。

『明日はとうとう魔王の城に着くな』

目の前には映像が浮かび、その中で四人の勇者が焚《た》き火を囲んでいた。

金髪で整った顔立ちの青年はアレクシスだろう。

その隣にいる、鎖帷子《くさりかたびら》の上に教会のシンボルが刺繍された白いサーコートを着ているのは、僧侶戦士のギュンターだ。

鷲鼻《わしばな》で口ひげを生やし、異国のターバンを頭に巻いているのはバジル、そして金髪の女性は間違いなくイザベルだ。

「……似ている……かも」

金髪碧眼《へきがん》のイザベルは、ベアトリクスと同じように髪をポニーテールにしていた。

近寄りがたいほどの美貌に、芯の通った強い眼差しをしていて、高潔な性格が滲《にじ》み出ている。

イザベルは、昔ながらの重たそうな鎧《よろい》を身に纏っていた。

防具の下は革製のしっかりとした旅着を纏い、膝を抱えて焚き火を見ている。

アレクシスがイザベルに話しかける。

『以前から言っているように、魔王を封印するには処女の血が必要だ』

『はい。分かっております。戦えなくなるほどの出血なら考えさせて頂きたいですが、魔術師様がそれ程の量ではないと仰っていたので、安心しております』

イザベルの返事を聞き、バジルが笑う。

『なぁに、血を流すと言ってもほんの少量だ。女の月のもののように、ドバッと出たりしないとも』

『っ……』

デリカシーのない発言に、イザベルはサッと頬を染めて俯《うつむ》いた。

他の男たちがワハハと声を上げて笑う姿を見て、ベアトリクスは気分の悪さを覚える。

そのあと彼らは明日の段取りを相談し、適量の酒を飲んだあと天幕に入った。

イザベルは『私は弱いので』と酒を辞退していたが、結局飲まされてしまう。

大事な戦いを控えているというのに、最後はふらつきながら天幕に入った。

寝るのかと思ったが、映像は続いている。

誰かが手に記憶球を持ち、足音を忍ばせて天幕に近付く。

男たちの押し殺した笑い声が聞こえ、ベアトリクスは嫌な予感を抱く。

アレクシスが天幕を捲り、寝ているイザベルを指さして笑う。

彼は天幕に忍び込んでイザベルの髪を撫で、彼女が深く眠っているのを確認してまた忍び笑いを漏らした。

そしてアレクシスは彼女の服を捲り上げ、イザベルの胸を揉んだ。

「ちょっ……」

寝ている女性に何という無体を働くのかと、ベアトリクスは煮えたぎるような怒りを覚える。

イザベルの豊かな胸はぞんざいに揉まれ、乳首を摘まれて尖らせられる。

それを見てまた男たちが忍び笑いをした。

「っ、卑怯な……。私がこの場にいたら殴ってやったのに……！」

三百年前の映像を見て、ベアトリクスは歯ぎしりする。

こんなものを見せられては、自分の前世が関係なくても気分が悪い。

そこでフッ……と記憶球の光が弱まり、次の場面を映した。

『ようこそ……と言うべきかな。勇者諸君』

記憶球が映すのは、今とまったく姿を変えない軍服姿のアバドンだ。

「……やる気のない顔ね。面倒臭そう」

アバドンと一緒に暮らしているので、表情を見ただけで彼の感情が分かる。

映像の中の彼は、一応魔王らしい態度を取っているが、面倒臭くて堪らない顔をしていた。

『世界に仇なす悪の化身め！　城にあった財宝も、人間から奪った物だろう！』

「は？」

いきなり話の矛先が財宝になり、ベアトリクスは声を漏らす。

確かに魔王城には見事な彫刻や絵画、あらゆる美術品がある。

だがベアトリクスはそれが〝見せかけ〟だと知っていた。

以前にアバドンがこんな事を言っていたからだ。


『この魔王城はとても美しいですが、魔族にも人間と同じ美意識があるのですか？　魔族に人間と同じ価値観が備わっているとは思えないのですが』

人間の場合、屋敷や城を飾り立てるのは財力や家柄、歴史を示すためだ。

だが魔族にそんな見栄や、歴史を誇る思いがあると感じられない。

だとすると、魔王城の内装は何のためなのかと、素朴な疑問を抱いたのだ。

『これは全部見せかけだ』

『見せかけ？』

目を瞬かせるベアトリクスに、アバドンはどこか照れくさそうな顔で言う。

『この魔王城の本来の姿は……まー、結構グロい。俺の体がそのまま城の形になったような物で、建築物でありながら生物でもある』

『それは本当に気持ち悪いですね』

『ひどい』

真顔で言ったベアトリクスの言葉に文句を言ったあと、アバドンは続ける。

『魔族に〝形〟は意味をなさない。魔力がものを言う世界だ。淫魔や人魚が美しい姿をしているのは、人間を誘惑するためで、動植物の進化と同じとも言える』

『なるほど』

ベアトリクスは納得して頷く。

『最初、ガーゴイルに迎えに行かせた時、霧に包まれた巨大な陰を見て、トリスと聖王女は〝城だ〟と思っただろう？』

『はい』

『その時点から、トリスたちは〝城〟を見ているんだ。魔王なら壮麗な城に住むものと思うから、自分の知っている美しい城や館の情報を、足して割ったような見た目になる。その思いを俺の魔力が増幅して、詳細に至るまで豪華な城をトリスに見せているんだ』

『確かに、見た事のないものは想像できません。きっとこの城は、私がこうあってほしいと願った姿なのでしょうね』

『そうだ。けどトリスが目にしている大理石は、トリスにとっては本当の大理石だ。布団は最高級の羽毛でできているし、服に使われている絹も本物だ。俺はトリスの願望に合わせて、無意識にすべてを叶えている』

『……魔法の事はよく分かりませんが、住みよくなるよう計らってくれているのは理解しました』

そう言うと、アバドンは嬉しそうに笑った。

その見せかけの城の財宝を、記憶球の中のアレクシスは人間から奪った宝だと思い込んでいる。

「愚かね」

ベアトリクスは唾棄するように呟く。

『王子！　こいつを倒せば財宝はすべて我らの物です！』

あろう事か僧侶戦士がそんな事を言い、先端に棘《とげ》がついた鉄球を振り回す。

「……どちらが悪者か分からないわ」

溜め息をついたベアトリクスは、アバドンがやる気のない顔をしていた理由を察した。

きっとこのような事が、数え切れないほどあったのだろう。アバドンが上辺だけのものに惑わされる人間に、投げやりな気持ちになるのも分かる。

歪んだ喜びに支配されている勇者たちの中で、イザベルだけは緊張した面持ちで剣を構えていた。

アバドンは、そんな彼女をチラリと見て意味深に笑う。

『神の祝福を受けた女か』

彼が唯一興味を示したのはイザベルだ。

ベアトリクスは胸をざわつかせる。自分の夫が、前世の自分とはいえ、別の女性に話しかけて興味を示しているのを見て微妙な気持ちになる。

『イザベルと言ったか？　俺の女にならないか？』

『は……っ⁉　お、お断りします！』

「……まぁ、そうなるわよね」

心底驚くイザベルに、ベアトリクスは同情する。

(アバドンはいつでも、発言や行動が突然すぎるのよ)

記憶球の中で、アバドンはさらにイザベルに語りかける。

『お前らが神と呼ぶ〝あいつ〟は、俺の双子の兄弟だ。〝あいつ〟はすべてに惜しみなく愛を注ぐが、時にひいきもする。お前を救ったように、な』

「双子？　救った……？」

まさか魔王が神と双子と思わず、ベアトリクスは驚愕《きょうがく》する。

「それに……記録にもない聖イザベルの過去を、アバドンが知っている……？」

胸の奥でモヤモヤとした不安が満ちていく。

『イザベル。お前は神を崇め、努力を認められて聖騎士になったようだな。だが俺から見れば、お前こそ魔に堕ちるにふさわしい女だ』

舌を焼かれながらアバドンが言う。

だがイザベルにとってはこの上ない屈辱だ。

『なんという侮辱！　私は主にすべてを捧げた聖騎士です！　悪魔の甘言には堕ちません！』

イザベルは剣を構えてアバドンににじり寄る。

そんな彼女の背後で、アレクシスやギュンター、バジルが動いていた。

アバドンは余裕の表情で立ち、応戦する構えすら見せない。

過去の出来事なのに、ベアトリクスはアバドンが攻撃を受けるだろう事を想像し、緊張していた。

アバドンはイザベルに告げる。

『お前は一度神を呪いかけた身でありながら、神に救済された。だが今、お前は人間に裏切られようとしている。今度こそお前は天に呪いを吐き、俺のもとに堕ちるだろう』

それを聞き、イザベルは顔を真っ赤にして激怒する。

『私は主を呪ったりしません！　仲間の事だって信じてい……っ‼』

その瞬間、イザベルの右側の空中に魔法陣が浮かび上がった。

かと思うと、魔法陣を通り抜け、バジルの投げた短剣が彼女の脇腹に刺さった。

『爆ぜよ！』

バジルが指で魔法の印を組み、そう唱えた。

途端、バッ……と空中に赤い花が咲いた。

花のように思えたのは、イザベルの脇腹から噴きでた大量の血だ。

イザベルは驚愕の顔をしたまま、ゆっくり倒れる。

それより早く、彼女の血がスルスルと流れ、イザベルとアバドンを囲んで魔法陣を描いていった。

『ほら見た事か。人間はすぐ裏切る。どうだ？　俺の手を取るなら救ってやる』

封印されようとしているのに、余裕たっぷりのアバドンはゆっくり歩き、倒れたイザベルのもとへ行く。そして彼女の目の前にしゃがむと、手を差し伸べた。

イザベルは口から血を吐いて涙を流し、首を振って魔王を拒絶する。

『そんなに〝あいつ〟がいいのか？　俺のもとに堕ちてこい。決して触れ合えない奴より、お前を愛せる俺を選べ』

イザベルに向けられた愛の言葉に、ベアトリクスは悲しげに表情を歪める。

その時――。

『死ねえええぇっ‼　魔王ぉぉおおぉおっ‼』

アレクシスが哄笑《こうしょう》し、重たい武器を振りかざしたギュンターと共にアバドンに襲いかかる。

だがアバドンの尻から竜の尻尾が生えたかと思うと、ブンッとひと薙《な》ぎしただけで二人の体は地に叩きつけられた。

彼は何事もなかったかのように、イザベルに語りかける。

『なぁ、イザベル。神の呪いを受けたお前が可哀想なんだ。お前はもっと自由に生きるべきだ。俺の手を取れ』

血の魔方陣は金色の光を放ち、アバドンとイザベルを包み込んでいく。

アバドンは眠たそうに目を瞬かせ、死にゆく聖騎士の頭を撫でていた。

『いや……です……。まおう、……なんか……』

倒れたアレクシスたちがまた襲いかかるが、封印されつつあるアバドンの尾によって、また遠くに吹っ飛ばされる。バジルが唱えかけた攻撃魔法は途中で暴発し、彼自身の髪や髭《ひげ》を焦《こ》がした。

アバドンは羽をだし、自分とイザベルを覆う。

『お前に無理強いをしたくないから、こうして誘っているんじゃないか』

イザベルは涙を流し、血を吐いた。

彼女の顔は血の気を失って白くなり、青い目もどこを見ているか分からない。

あと僅かでイザベルの命の灯火が消えようとしていた。

『かみ……さま、……は、わたしを、……愛し、て……。ど……して……、わた、し……祈っ、て……正しく、生き、た……はず、なの……に……』

イザベルの目から光が失われていく。

しかし涙だけは流れ続けていた。

彼女は自分を裏切った仲間と、魔王の前で死のうとしているのに、救済してくれない神に問いかける。

だがアバドンに優しく頭を撫でられているからか、その表情はとても穏やかだった。

『俺がお前を愛するよ。もう苦しまなくていい。誰に忠誠を誓うでもなく、毎日の祈りを自分に課すでもなく、俺の側で自由に生きろ』

その言葉が、極限の状態にあったイザベルにとって救いとなったのだろうか。

イザベルの表情が穏やかになり、体から力が抜けていく。

『……そんな、……生き方、なら……すてき、……ですね。あな、たになら、……この魂も、体も、祈りも……すべ、て……捧げていいの、……か、…………も』

うっすらと微笑み、イザベルは涙を零したまま事切れた。

アバドンは動かなくなった彼女の体を抱き上げ、悲しげな表情でその額にキスをした。

『救ってやれなくてごめんな。お前を神の呪いから解放するには、一度死なせなくてはならない。本来ならお前の魂は審判の門をくぐり、罪の度合いを測られた上で浄化されるだろう。そして生まれ変わって〝次〟の肉体に宿る』

床の上に座り込んだアバドンはイザベルの亡骸を抱き、優しい声で囁く。

『そうする事によって、前世の記憶を持たない完全な生まれ変わりを果たす。……だがお前は少しばかり〝あいつ〟に愛されすぎたな。魂に神の呪いが刻まれている。このままなら転生してもまた〝あいつ〟に目を付けられ、今と似たような悲劇を歩む人生を送るかもしれない』

アバドンが語る転生を聞き、ベアトリクスは鳥肌を立たせる。

（まさか……。私が聖騎士となる道を選んだのも、前世で神様に〝印〟をつけられたから？　イザベルと似た外見になったのも……？）

望んで聖騎士になったし、信心深い事に誇りを持っている。だが三百年前から〝そう〟なるよう導かれたのなら……と思うと、恐ろしさを覚える。

『だから、お前の魂を俺のもとに留める。俺の力なら神の呪いを相殺できる。封印されなければ適切な時期に魂を解放してやれるんだが、……こりゃ、眠っちまうな。まぁ、眠っていてもある程度魔力をコントロールできる。緻密さには欠けるから、少し魔の力の影響がついてしまうかもしれないが許してくれ。せっかく生まれ変わったのに、また殉教者になるよりいいだろう？』

金色の光が包まれながら、アバドンはあくびをする。

ベアトリクスは愕然として映像の中の二人を見る。

（アバドンはわざと封印された？　イザベルの魂に絡んだ神様の〝呪い〟を解いて自由にするため？　……じゃあ……）

知らずと、涙が零れた。

普通の人が知る事のない事実に触れた衝撃もあるし、アバドンのイザベルへの深い愛情を目の当たりにして、強い悲しみと嫉妬を覚えた。

「……私の前世が聖イザベルだとして……。魂は天国の門をくぐっていなかったの？　私の魂は、ずっとアバドン……魔王の側にあった……？」

（……私の魂は、浄化されていなかった）

教会の教えでは、魂の清らかさが最も重視されている。

魂が穢れていると罪が重たくなる。それを雪《そそ》ぐため、死後に罪を清める湖に、長い間身を浸さなければならないと言われている。

そうならないために、常日頃から神に祈りを捧げ、清く正しく生きるべきとされていた。

教会では、清らかな魂で生まれ、善人として生きる事を、絶対の教えとしていた。

（私は……、生まれた時からまっさらな魂を持っていなかった……）

ベアトリクスはクシャリと表情を歪め、涙を流す。

「あ……」

――そして理解した。

（子供の頃から教会に入るたびに頭痛を覚えていたのも、聖属性の魔法だけ上手に扱えなかったのも、すべてアバドンの影響があったから？）

「――――っ、……！」

バンッ！　とベアトリクスは自分の太腿を叩く。

アバドンに裏切られた気がして、悲しくて堪らなかった。

彼女が絶望して嗚咽しているなか、記憶球の映像にシェムハザが現れる。

『陛下、寝てしまわれるのですか？　まぁよくも、こんなちゃちな封印に引っ掛かってあげたものですね』

『まぁ、もののついでだ』

アバドンは大きなあくびをして『ねむてぇ』とやる気のない声をだす。

そして仰向けに寝転がった。

『あの人間たちはどうしますか？』

『適当にあしらって帰してやれ。人間には、魔王を封印した勇者が必要なんだろ。ここで全滅したら、第二、第三が送られてくる。面倒事は少ないほうがいい。……それに、犠牲はイザベルだけで十分だ』

『じゃあ、あとは私が相手をしておきます。陛下はゆっくりお休みください。最近過労気味だったので、いい機会じゃないですか？　ですがそう長くお眠りにならないように。仕事が溜まって、あとで困るのはご自分ですからね』

『分かってる。お前も、イザベルの次の〝器〟を見つけたら、ちゃんとここに導いてくれ』

『承知しております』

慇懃《いんぎん》にお辞儀したあと、シェムハザはゆったりとアレクシスたちのほうへ歩み寄っていく。――やがて、轟音《ごうおん》と彼らの悲鳴が聞こえた。

そしてバタバタと走り去る足音が聞こえたあと、視界が揺れる。

シェムハザの顔がアップになって見えたところから、記憶球が持ち上げられたのだろう。

『これ、忘れないでくださいねー！　あなた達の無様な姿を記録した貴重な物なんですから！　手放せない、そして中身も消えない呪いをかけておきますよー！』

シェムハザはそう言い、『そーれ！』と記憶球を放り投げた。

その瞬間、周囲を照らしていた記憶球の映像が消え、ベアトリクスは我に返る。

「私は……神に呪われていた？　魂はアバドンのもとに引き留められていて……。魔の加護を受けていた……？」

松明はすっかり短くなっていた。

じりじりと地下墳墓の闇が押し寄せてきているが、座り込んだベアトリクスは気力を失いそれどころではない。

激しい無力感に襲われた彼女は、暴いた墓を元に戻す事すら失念していた。

「……だから、アバドンは私の前世を教えたがらなかったの？　私が神様に呪われていたのを知らせたくなかった……？　……いえ、自分の行いを知られたくなかった？　勇者の裏の顔も、イザベルが卑怯な手で仲間に裏切られた事も……」

事実を確認するたび、この上ない脱力感に駆られて、すべてどうでも良くなってくる。

「……疲れた……。もう、いい……」

ベアトリクスはぐったりとアレクシスの棺に身を預け、投げやりに溜息をつく。

記憶球は地面の上に置かれたままだが、拾い上げようとも思わなかった。

闇の中で松明の火が徐々に小さくなり、火が燃える匂いと地下の淀んだ空気で呼吸が苦しくなってきた。

このままここにいれば、窒息死するだろう。

（……それでもいい）

「私は天に受け入れられず、魔に魅入られた存在だった。信じてきたものに裏切られ、魔王の手の中にいる。姫様のもとにも、家族のところへも戻れない……」

今まで大切に思ってきたものすべてが、色を失っていく。

気力も生気もすべて奪われ、もう生きていたくないと思った。

記憶球で見たイザベルと同じように、ベアトリクスの目から希望の光が失われていく。

目から涙が零れ、頬を伝っていく。

「うぅ……っ、う……っ」

がらんどうになった胸をかき抱き、ベアトリクスは嗚咽する。

うずくまり、自分を抱き締めて、絶望に塗りつぶされたまま死ぬのだと思っていた時——。

「……だから前世など、思いださなくていいと言っただろう。肝心なのは〝お前〟なんだから」

声がして、彼女はのろのろと顔を上げる。

目の前にはアバドンがしゃがんでいて、ベアトリクスの涙を指で拭ってくる。

「……アバドン……」

「前世で自分がどう生きて死んだかなんて、知ったとしてもろくな事にならない。俺は〝今〟のお前に笑っていてほしい。俺の妻として、俺の隣にいてほしい」

抱き寄せられても、ベアトリクスはもう抵抗しなかった。

「疲れただろう。帰ろう」

憎い魔王のはずなのに、彼のぬくもりを感じると安心する。

アバドンは脱力したベアトリクスを軽々と抱き上げた。

そのまま、疲れ切ったベアトリクスの意識は、闇の中へ落ちていった。

第六章　傷を癒やす魔王

ベアトリクスはとても生々しい夢を見ていた。

夢の中で触れる物の感触や、肌に感じる風はまるで現実のようだ。

だが彼女は〝それ〟を夢だと確信していた。

なぜなら、夢の中で自分は〝イザベル〟と呼ばれていたからだ。

＊＊

『どこへ行くの』

母の厳しい声を聞き、イェシュケ伯爵令嬢イザベルは萎縮しながら振り向いた。

屋敷の前には、首元の詰まった質素なドレスを纏った母が、年嵩《としかさ》のメイドを伴って立っていた。

『……教会へお祈りに行って参ります』

か細い声で告げると、母は安堵したように表情を緩める。

『それはいい心がけだわ。でも目的を果たしたら寄り道をせず戻ってらっしゃい。男性と話してはいけませんよ。先日も子爵令嬢が婚前交渉をしたという話を聞きました。なんてふしだらな！　あなただけはそんな事にならないように。あなたはお母様の言う事さえ聞いていればいいの。いつか立派な方とのご縁を結んであげるから、その方の良き妻となり、元気な子を産みなさい』

『はい』

幼い頃から母にこう言われて育ってきたイザベルは、その言葉に何の疑問も抱かなかった。

母は信心深く、神の教えを心のよすがとしていた。

彼女がそうなったのは、父が浮気をしていたからだ。

もともと父は浮気相手と長く恋をしていたのだが、仕方なく両親が決めた家に婿入りした。

母は父の浮気相手の女性を激しく憎み、自由に恋愛する男女を憎んだ。

恋をしている人を『はしたない』と言い、音楽も芸術も書物も、信仰に関係ない物は悪としていた。

イザベルが街角で流行の恋愛小説を見かけてページを捲っていた時も、どこで見られていたのか、帰ったあとに母に折檻《せっかん》された。

母は決して悪い人ではない。傷付いた哀れな人だ。

だが〝許せないもの〟に限って、その怒りは相手が娘でも大爆発する。

仕置きとしてイザベルは容赦なく鞭《むち》で背中を打たれた。

なのでイザベルは、何をするにも母の顔色を窺い、怒らせないように心がけていた。

『お祈りを終えたらすぐ戻って参ります』

母に告げ、イザベルは馬車に乗って大聖堂を目指した。

窓から外を見ると、着飾った女性たちが楽しそうに笑っている。側には若い男性もいて、何を話しているのかとても気になった。

楽しそうな彼らを羨むと同時に、もしかしたら自分の陰口を言っているのではと怯えた。

イザベルは歴史あるイェシュケ家の令嬢だが、舞踏会に参加しても壁の花だった。

舞踏会に参加しているというのに、彼女は襟の詰まった、飾りのない寡婦のような格好をしていた。勿論、それも母の教えだ。

だが舞踏会ではいい笑いものだ。

自分が陰で〝未亡人〟というあだ名をつけられているのを知っている。

それでもイザベルは母に逆えない。

家庭を顧みない父の代わりに、母が世話をして育ててくれた。

イザベルにとって、母は世界のすべてだった。

大聖堂に着き、イザベルは熱心に神に祈りを捧げる。

自分を思ってくれる母を怖れる気持ちを許してほしいと懺悔し、華やかな女性を羨む思いも、男性と話してみたいと望む気持ちも悔いる。

祈りが熱心すぎたのか、彼女は大聖堂に誰かが入ってきたのに気づけなかった。

『とても信心深いのね』

可憐《かれん》な声に話しかけられ、イザベルはハッと顔を上げる。

振り向くと、金色の巻き毛にエメラルドグリーンの目を持つ女性が、ベンチの一番前に座っていた。

イザベルは彼女を知っていた。

『せ、聖王女殿下……』

彼女は聖王女アンジェリカだ。

恐らく彼女も祈りを捧げにきたのだろう。

そう察したイザベルは、自分が祭壇の前を独占していた失態に気づいて謝罪した。

『も、申し訳ございません！』

立ち上がったイザベルは、アンジェリカに深くカーテシーする。

だがアンジェリカは立ちあがると、イザベルに歩み寄り彼女の目元を優しく拭った。

『え……？』

『泣いていたのね。何かつらい事でもあったの？』

泣いていた自覚はなく、イザベルは呆けて自分の頬に手をやる。

『いえ……。私は何も……。毎日……満たされて、幸せですもの……』

力なく呟いたイザベルを、アンジェリカは思慮深い目で見つめる。

そしてニコッと微笑んで提案した。

『あなた、イェシュケ家のイザベルよね。私の侍女にならない？』

『え？　い、今なんと……？』

雲の上の存在の提案に、イザベルは目を瞬かせる。

自分のような地味な存在に、光り輝かんばかりの聖王女が興味を持つと思わなかった。

『あなたの事を少し知っているわ。舞踏会で見かけるけれど、あまり交流が得意なように思えない。けれどとても信心深くて、まじめで誠実だと聞いたわ。……だから、私に仕えない？　私は信頼できる話し相手がほしいの。あなたなら私の良い友人になってくれそうだわ」

自分が孤独であると、聖王女まで知っていた事に、イザベルは顔から火が出そうなほどの羞恥を覚えた。

だが彼女の提案は、鬱屈とした生活を送っていたイザベルに、新たな世界を開いた。

『両親に相談してみます』

『色よい返事を期待しているわ』

微笑んだアンジェリカを見て、イザベルの中に強い忠誠心がこみ上げた。

両親に話すと、母は大喜びで賛成してくれた。

そしてイザベルは王宮に向かい、聖王女の侍女となった。

アンジェリカとの生活は楽しく新鮮で、生きていて良かった、生まれて良かったと心から思える日々になった。

やがて聖王女への敬愛が深まるあまり、彼女は侍女以上の事を求め始める。

自分で直接アンジェリカを守りたいと願ったイザベルは、体を鍛える事を思いついた。

早朝や深夜に王宮の周りを走ったが、騎士たちに『女が体を鍛えるなど』と笑われた。

だが彼女の鍛錬が一年以上続くのを見て、考えを変える者も現れ始めた。

裏でアンジェリカから口添えされたのかもしれないが、ある日、騎士団長が護衛術を学ぶ事を提案してくれた。

そしてイザベルは男に交じって訓練を受けた。

同時にアンジェリカの侍女として、計算や周辺国の語学、歴史や作法もしっかり学んでいく。彼女は学べるものすべてを、貪欲に吸収していった。

屋敷の中に籠もり、縁談がくるのを待つだけだった彼女は、最先端の職業婦人になろうとしていた。

離れたところにいる母は、娘が何をしているか知らないはずだった。

だがどこから聞いたのか、イザベルが男たちに囲まれて汗を流し、女の身に余る勉学に手を出していると知り、烈火のごとく怒って王宮に乗り込んできた。

熾烈な母娘喧嘩《けんか》を繰り広げた挙げ句、母からは絶縁を言い渡された。

さらに三百年前の保守的な価値観では、女性の躍進を望まない男性も多かった。

＊＊

『バイロン殿……いらっしゃいますか？』

イザベルは懇意にしている騎士から手紙をもらい、夜に武器庫を訪れた。

自発的になった彼女の性格は明るくなり、ハキハキした物言いをするようになった。体を鍛える事により、自信がついたのもあるだろう。

そんな変貌を得た彼女に惹かれる騎士も少なくなかった。

何度も愛の告白を受けたが、イザベルは『姫様に一生を捧げます』と返事をして、彼らの求愛を辞退していた。

今回の呼びだしも、手紙には『誰にも気づかれないように一人で』と書かれてあったので、告白されるものだと思っていた。

だが武器庫に入ったイザベルを待っていたのは七人の騎士だ。

『……何ですか？』

不穏な雰囲気を感じた彼女の背後で、重たい音を立てて武器庫の扉が閉まった。

背後には、もう一人が隠れていた。合計八人だ。

『――お前、邪魔なんだよ』

イザベルが何か言う前に、暗がりから騎士の一人が不快感を露わに言った。

(謀られた……!?)

とっさに逃げようとしたが、もう遅かった。

イザベルの頭を誰かが殴り、くらんだところを地面に押し倒された。

背中をしたたかに打って息を詰まらせた彼女のドレスは引き裂かれ、晒された肌を見て騎士たちが下卑た笑いを上げる。

どれだけ鍛えても、複数の男には敵わなかった。必死に暴れるイザベルの手脚は押さえられ、破られたドレスの切れ端を口に押し込まれた。

イザベルの純潔は奪われ、仲間と思っていた男たちの哄笑がワンワンと頭に響く。

暗い武器庫の中で、どれだけの時間が過ぎたのか分からない。

体の痛みと精神的な苦しみのあまり、激しい憎悪と悲しみに駆られたイザベルは、神に助けを求めた。

――どうかあなたの僕《しもべ》をお助けください！

――あなただけを敬いますから、どうかこの者たちに裁きをお与えください！

――二十四年間祈りを捧げ続けた私に、どうぞお慈悲を！

――この者たちに、どうか地獄より深い苦しみを！

――叶えてくだされば、私はこの命がある限りあなたにすべてを捧げます！

その時、イザベルは祈るというより、呪っていたのだろう。

神への忠誠と引き換えに、彼女は騎士たちに裁きが与えられる事を望んでいた。

その時、雷鳴が聞こえたかと思うと、凄まじい轟音と共に武器庫の屋根が破壊され、辺り一面が真っ白な光に包まれた。

『ぎゃあああああああ……‼』

すべてを燃やし尽くす白い雷の中で、騎士たちは絶叫して黒焦げになる。

一瞬の出来事だった。

裁きの雷が落ちたあとは、静かな夜が再び訪れる。

穴の空いた天井からは美しい夜空が見え、満月がぼんやりと潤むように光っている。

が、周囲からは人肉が焦げた匂いが立ちこめていた。

そんな中、渦中のイザベルは火傷一つ負わない姿で地面に横たわっていた。

驚くべき事に、体に負った傷や痣《あざ》もすっかり綺麗になっている。

下腹部の痛みもなくなり、引き裂かれそうな心の痛みも消えていた。

イザベルは自分が生まれ変わったと感じていた。

胸の奥には、神への感謝と選ばれたという高揚感だけがある。

そのあと、雷に驚いて飛び起きた者たちが武器庫に駆けつけた。

そして黒焦げになった八人の死体と、衣服を破られたイザベルを発見する。

『イザベル、一体何があったんだ？』

騎士の一人が自分のマントを彼女に掛け尋ねる。それに彼女は迷いなく答えた。

『邪悪な心を持つ者に襲われましたが、主が裁きの光を下されました。魔に魅入られた者は裁かれ、神に愛された私は生かされました。ただそれだけの事です』

当初、騎士たちは困惑していた。

だが服を破られ、なお凛と立っている彼女を誰かが『聖女』と呼び、その前に跪いていった。

のちほど騎士団長が正式にイザベルに侘《わ》びを入れ、アンジェリカからもねぎらわれた。

勿論、聖女と呼ばれる存在を疑う者もいて、特に教会からは執拗な質問を受けた。

結局、『聖女なら清らかな身のはずだ』と言われ、処女検査を受ける事になった。

だが、いざ検査が行われる時、晴れていた空から突然大雨が降り始めた。

雷鳴が轟き、聖職者たちは怯えながらも処女検査を敢行した。

その結果、紛れもない生娘だと判明した。

武器庫でイザベルに奇跡を与えた光は、処女膜までも復活させていたのだ。

そのあと、彼女は正式に教会によって認められた聖女となり、特例として聖騎士の名簿に名を連ねた。

そして彼女は聖王女アンジェリカに仕え続けた。

だがイザベルの心には迷いがあった。

（私が強く祈った事により、八人もの騎士を死なせてしまった。だからこそ、神に選ばれた私は清く正しくなければ……）

それが贖罪だと思ったイザベルは、決して一人の女性としての幸せを求めず、アンジェリカと神のために生きた。

自分が神の紡ぐ糸によって、雁字搦めになっているなど知りもせず――。

そんなイザベルの心を初めて、そして最後にほぐしたのはアバドンだった。

『イザベルと言ったか？　俺の女にならないか？』

そう言われて、魔王との決戦の時なのに驚きを通り越して呆れてしまった。

張り詰めていた彼女の心に、緊張した場にそぐわない、のほほんとした魔王の言葉がなぜか染み入ってくる。

（本当は、こうやって気軽に男性に誘ってほしかったのかもしれない）

ずっと母に、男性と話してはいけないと言われていた。

彼女が頑なな態度を取っているから、男性からも話しかけられなくなった。

騎士団の男性はイザベルを〝仲間〟もしくは『生意気』と思うか、性的な目で見た。稀に本気で告白してくれる人がいても、彼女はすでにアンジェリカに心を捧げたあとだった。

（男なんて要らないと思っていたけれど、本当に要らないのではなく、半ば自分に言い聞かせていた。仲良く連れ立っている男女を見て、本当は羨ましいと思ってしまっていた）

優しい言葉を掛けられ、ホロッと心が脆くなる。

（もし私の周りに、彼のように気さくに話しかけてくれる人がいたら……）

それは、考えてはいけない事だった。

無意識に表情を歪め、泣きそうな顔になるイザベルを見て、魔王は憐憫にも似た顔で言う。

『お前らが神と呼ぶ〝あいつ〟は、俺の双子の兄弟だ。〝あいつ〟は時にひいきをする。お前を救ったように、な』

その言葉を聞いて、ドキッと胸が高鳴った。

（魔王は〝あの事〟を知っている……⁉）

事件のあと、イザベルは自身を奮い立たせ、強気に生きなければならなかった。

そうでなければ、複数の男性に慰み者にされ、自分が彼らの不幸を願った結果、死なせてしまった事実に耐えられないからだ。

神にすがった事を、裁きを願ったことも、すべて〝正しい事〟だったと思わなければ、精神の均衡が取れなかった。

『イザベル。お前は神を崇め、努力を認められて聖騎士になったようだな。だが俺から見れば、お前こそ魔に堕ちるにふさわしい女だ』

『～～～～っ‼』

最後の言葉を聞いて、剣を握る手が激しく震えた。

間違いない。魔王は自分の罪を知っている。

呪いの言葉を吐いてしまった、恐ろしい、闇に囚われた自分を見抜いている。

だからイザベルは、逆上した。

『なんという侮辱！　私は主にすべてを捧げた聖騎士です！　悪魔の甘言には堕ちません！』

だが自分を哀れむ目で見る魔王は、呪いの言葉を吐く。

『お前は一度神を呪いかけた身でありながら、神に救済された。だが今、お前は人間に裏切られようとしている。今度こそお前は天に呪いを吐き、俺のもとに堕ちるだろう』

（アンジェリカ様が信じた勇者たちが、私を裏切るなんてあり得ない！）

『私は主を呪ったりしません！　仲間の事だって信じてい……っ‼』

直後、彼女の脇腹にバジルの短剣が刺さり、痛みを感じたと思った瞬間、全身が焼けるように熱くなった。

知らないうちにイザベルは倒れ、温かい血がドクドクと流れていくのを感じる。

（あれ……？）

目を瞬かせると、こみ上げた涙が零れる。

『ほら見た事か。人間はすぐ裏切る。どうだ？　俺の手を取るなら救ってやる』

溜め息混じりに魔王が言い、ゆっくりこちらに歩み寄ってくる。

そしてイザベルを魔の道に勧誘し、手を差し伸べてきた。

（裏切られた……？　私、もう姫様のもとに戻れないの……？　旅の途中、いやらしい目で見られて不愉快だったのを我慢したのも、全部姫様のところに帰るためだったのに……）

全身が激しく痛み、呼吸がうまくできない。

涙が次から次に零れ、懸命に息をしようとすると咳き込んで血の塊を吐いた。

（死に……たく、ない……）

だがイザベルは、死の間際においても自分が聖騎士であると自負し、縋るものは神とアンジェリカしかいないと思っていた。

自分を覗き込む魔王に、彼女は弱々しく首を横に振って拒絶を示す。

『そんなに〝あいつ〟がいいのか？　俺のもとに堕ちてこい。決して触れ合えない奴より、お前を愛せる俺を選べ』

魔王の優しい言葉が弱り切ったイザベルの心を揺さぶってくる。

（……言わないで……。そんな、優しい言葉……、誰も、言ってくれなかった……）

背後ではアレクシスたちが魔王に襲いかかっているが、彼の尻尾の一振りであしらわれていた。

尻尾の先端に灯る火が爆炎を吐き、彼らが悲鳴を上げる。

そんな死闘を、イザベルは別世界の出来事のように捉えていた。

耳鳴りがし、音がよく聞こえない。

体はどんどん冷たくなり、呼吸が浅くなっていく。

『なぁ、イザベル。神の呪いを受けたお前が可哀想なんだ。お前はもっと自由に生きるべきだ。俺の手を取れ』

（……神の……、呪い……？）

いつもの彼女なら、そんな言葉を聞いたら激怒していただろう。

けれど弱り切った今、どこか納得してしまった。

神という実態の分からないものに常に祈りを捧げ、着る物も生活も立ち居振る舞いも、すべて謹んできた。

〝選ばれた〟あとは、期待に応えないとならないという使命感に駆られ、本来の自分以上に強い振る舞いを自身に課してきた。

生まれた環境と、自分のせいと言えばそれまでだ。

だが見方を変えれば、神という存在にすべてを縛られていたのかもしれない。

『いや……です……。まおう、……なんか……』

だが彼女は神を選ぶ。

それしか生き方を知らないからだ。

『お前に無理強いをしたくないから、こうして誘っているんじゃないか』

魔王はイザベルの頭を撫でてくる。

父も母も、誰一人としてそんな事をしてくれなかった。

（……気持ちいい……）

嬉しくて、悲しくて、寂しくて、イザベルは涙を零す。

そして、死のうとしているのに自分を助けてくれない神に縋る。

『かみ……さま、……は、わたしを、……愛し、て……。ど……して……、わた、し……祈っ、て……正しく、生き、た……はず、なの……に……』

騎士たちに犯された時は助けてくれた。だから、今だってきっと神が助けてくれると、イザベルはまだ信じていた。

だが自分はもう死ぬ。

悲しいけれど、その変えようのない事実を理解していた。

魔王がイザベルの金髪を優しく梳《くしけず》る。

『俺がお前を愛するよ。もう苦しまなくていい。誰に忠誠を誓うでもなく、毎日の祈りを自分に課すでもなく、俺の側で自由に生きろ』

彼の提案する生き方があまりに幸せそうで、イザベルは思わず笑っていた。

生まれ変わりがあるなら、そんなふうに軽やかに生きてみたい。

自由に恋愛をして、好きな本を読んで、お洒落をして甘い物を食べて、劇や歌を観に行って、好きな人と楽しさを共有したい。

常にいかめしい顔をせず、くだらない事で笑える人になりたい。

――でも、もう叶わない。

すべてを手放して諦めたからか、イザベルは魔王の言葉に応えてしまった。

『……そんな、……生き方、なら……すてき、……ですね。あな、たになら、……この魂も、体も、祈りも……すべ、て……捧げていいの、……か、………も』

魔王の赤い目を、ルビーのようで美しいと思った。

銀色の髪は月光のようで、毛先が少し闇色に染まっているのも魔王らしい。

(この人は、姿まで自由なのだわ。……羨ましい……。彼のようになりたい……)

最後にそう思ったあと、イザベルは眠るように息を引き取った。

彼女は知らない事だが、アバドンに頭を撫でられ、魔力を込められていた事で、イザベルは激しい苦痛を味わわずにいた。

そして最後に魔王を受け入れる言葉を口にして、彼女は自分の肉体、魂に彼が手を出す〝許可〟を与えたのだ。

＊＊

温かいベッドで目を覚ましたベアトリクスは、自分が涙を流している事に気づいて、手で目元を拭う。

そして自分がアバドンに抱かれている事に気づいた。

寝返りを打つと、彼が憐憫を浮かべた赤い目で見つめている。

(〝私〟が死んだ時と同じだわ)

ぼんやりとした意識のなか、そう感じる。

「大丈夫か？」

優しく髪を撫でられる感触も、〝自分〟が死にゆく時と同じだと思った。

「私……どうしたんでしたっけ……」

目覚めたベアトリクスは、自分が〝今〟どこにいてどんな状況にあるのか、理解できずにいた。

とても長い夢を見ていた気がしたが、夢ではなく過去を思いだしていたようでもある。

アバドンは息をつき、「ごまかす必要はないな」と言って話し始めた。

「トリスは聖都の地下墳墓で、昔の勇者の記憶を見た。そこでイザベルの最期を確認してショックを受けたんだろう。そのあと、深い眠りについて前世を思いだした」

「あぁ……」

教えられ、ベアトリクスは溜め息をつくように声をだす。

ボーッとしていたが、次第にイザベルの記憶を夢として見ていた事を自覚する。

（私もイザベルも、何の疑いもなく神様を信じていた）

都合良く助けてくれたかと思えば、死にゆく時は見捨てられ、神が何を考えているのか分からなくなる。

（それでも幸せだった……と思いたい）

ベアトリクスとしての自分も同じだったたからだ。

シャルロッテと過ごした聖都での日々は、何ものにも代えがたい。

だが聖騎士、貴族の女性としては息苦しさを覚えていたのも事実だ。

今まで、自分より強い男性でなければ好きになれないと思い、恋愛は二の次にしてきた。

シャルロッテを守る事を崇高な役目としながら、実はそれに依存していた。

女だてらに聖騎士をしている事を褒められ、誇りに思いながらも、どこかで「ジングフォーゲル家の娘だから特別扱いされている」と思われる事を怖れていた。

そう思われないために、必死に鍛えて模範的であり続けた。

いっぽうでアバドンのもとにきてから、何だかんだと彼に反発しながら、楽しいと思っていたのも事実だ。

（イザベルが願った事は、三百年を経て叶ってしまったのだわ）

アバドンの言葉を受け入れた最期の時から、自分はもう彼の手の中にいた。

すべてを思いだしたベアトリクスに、彼が尋ねてくる。

「俺を嫌いになったか？」

「……前世から魂を搦め捕ったくせに、今さら何を言っているんですか」

呆れ混じりに言うと、アバドンは安堵したように笑い、頰にキスしてくる。

「嫌われたかと思った」

「……好かれていたと思っていたんですか？　おめでたいですね」

つい憎まれ口を叩《たた》いてしまう自分を「可愛くない」と思い、溜め息がでる。

それを誤魔化すために、ベアトリクスは話題を変えた。

「聖騎士のイザベルと魔王なんて、似合わない組み合わせだと思っていました。きっとあなたがイザベルを誘惑して断られ、魂ごと手込めにしたのかと思っていました」

いつものように辛口に言うと、アバドンがボソッと突っ込む。

「どこのろくでなしだよ」

ベアトリクスは小さく笑い、彼の胸板に額を押しつけて涙を一粒流した。

「神様って何なのでしょうね。……私、……いえ、〝彼女〟は窮地に陥った時に助けてもらい、祈りが届いたと思ったのです。けれど聖女として認められたあと、〝彼女〟はどんどん孤独になっていきました。神の奇跡を得た聖女など、普通の人として扱われませんもの」

溜め息をつくと、アバドンが背中をさすってくれる。

「〝あいつ〟は崇められる事によって力を得ている。その中で特に強い祈りを捧げる者を、やはり特別扱いしたくなったのかな。……それがどんな悲劇を生むか、分からない訳じゃないだろうに」

強すぎる加護を得れば、普通ではいられなくなる。

まして神という絶対的な存在に認められたなら、他の者はイザベルを畏怖し、彼女に逆らえば自分にも罰が下ると思ったかもしれない。

神の愛を受けた代わりに、イザベルは人の愛から遠ざかったのだ。

「〝あいつ〟の本質は、魔王《おれ》と同じだ」

「え？」

アバドンの言う事が分からず、ベアトリクスは彼を見つめる。

「この世界は、大きく神の力と魔の力によって構成されている。精霊が持つ自然の属性などは、その派生だ。二つの力はうまくバランスをとらなければならない。人間、精霊、妖精、竜……、様々な中庸の種族の魂を、俺たちは取り合っている訳だ」

彼は話しながら、手持ち無沙汰にベアトリクスの金髪を弄ぶ。

「死した人間は、罪の重さによって行き先が決まる。だから魔族は死後に〝こちら〟にくるよう、人間を誘惑する。……いわば、イザベルは神から直接勧誘され、死したあとに〝あいつ〟のもとに召されようとしていた」

「そんな……」

聞かされた真実に、ベアトリクスは嘆息する。

神が望んでいたのは、自身の力を増すための魂の力だった。

想いを裏切られたような気持ちになり、ベアトリクスはクシャリと表情を歪める。

「……すまんな。こんな事、本当は知らないほうが良かった。ただ、イザベルがどんな人物であったのか知れば、彼女が神にえこひいきされた存在だと分かるだろう。いわば、イザベルは〝あいつ〟の愛を受けたがゆえに、勇者として命を散らしたと言っていい」

ベアトリクスは唇にギュッと力を入れる。

「俺はそんな哀れなイザベルを解放してやりたかった。彼女を見た瞬間、神に呪われていると理解したし、その生い立ちも分かった。同情して……、自分の手で幸せにしてやりたいと願ってしまったんだ」

アバドンは苦く笑い、己の罪を打ち明ける。

彼の表情を見て、目の奥が熱くなる。

神に裏切られた悲しみもあるが、その裏で自分がアバドンの大きな愛に包まれていた事を知った。

彼がいなければ、今頃自分はまったく別の存在として生まれ変わり、信徒の道を歩んでいただろう。

「……私がジングフォーゲル家に生まれ、聖騎士になる道を選び、聖王女である姫様の侍女となったのは……、まだ神様の呪いが残っているからですか？」

ベアトリクスは鼻声で尋ねる。

「……イザベルが望んだからかな」

アバドンは彼女の髪を撫でながら微笑む。

「イザベルの魂に掛かった呪いは、三百年をかけて俺が解いた。色々あっても、彼女が聖王女との生活を幸せだと思っていたのは事実だ。死の間際、イザベルはまた聖王女に会い、平和な生活を送りたいと願っていた。そう望むなら、なぞる生き方をさせてもいいかもしれないと思って、聖王国で生まれるようにした」

目に涙を溜めたベアトリクスは、自分を囚らえて離さない魔王を見る。

「不思議なもんだよな。三百年前と同じように、トリスは聖騎士として俺の前に現れた。色んな状況は異なるが、あの時のやり直しだと感じた。きっとイザベルもそう望んだんじゃ……と思っている」

「っでも私……っ、ガーゴイルに運ばれて、無理矢理運ばれて来ました……っ」

ベアトリクスは泣きながら首を横に振る。

すべて彼の望んだ通りになっていると信じたくなく、最後まで抵抗したかった。

「うん、そうだな。俺がシェムハザに命じた。またお前の声が聞きたくて、話したくて、魔王と聖騎士という相反する立場でもいいから、トリスに会いたかったんだ」

「っ〜〜〜〜っ！　……っ、馬鹿……っ！」

とうとうベアトリクスはボロッと涙を零し、拳でドンッとアバドンの胸板を叩く。

「ごめんな、トリス。もう逃がしてやれないんだ」

アバドンは優しく彼女を撫で、愛しげに目を細めて額に口づける。

「お前は俺のものだ。神《だれ》にも渡さない」

こんな慈しみと悲しみ、贖罪に満ちた愛の告白があるだろうか。

「〜〜〜〜っ、私……っ、聖騎士なのに……っ、あなたのせいで聖属性の魔法に嫌われていた……っ！」

ベアトリクスは泣きじゃくり、アバドンの胸板を叩く。

「祈っても、祈っても！　――――私の愛は神様に届いていなかった……っ！」

「届かせて堪るかよ」

アバドンが言い、ベアトリクスの両手首を握る。

「お前は俺のものだ。〝あいつ〟が弄んでズタズタにした女を、俺が横からかすめ取って妻にした。悪魔の王だからな」

「馬鹿……っ！」

どれだけ悪ぶった言い方をしても、今ならその奥に深い愛情があるのを分かってしまう。

――気づきたくなかった。

でも、前世を思いだして、この身に、魂に刻まれた想いに気づいてしまった。

「うぅ……っ、う……っ、うぅーっ……」

アバドンは嗚咽するベアトリクスを押し倒し、泣き濡れた顔を見て切なげに笑う。

そして「ごめんな」と謝った。

彼はベアトリクスの髪を撫で、頬や顎、鼻筋、唇と、愛しむように触れていく。

魔王なのにその手つきは優しく、天使の羽に触れられているようだ。

アバドンは涙を零すベアトリクスに覆い被さり、彼女の唇を奪った。

「……ん、……ぅ」

優しく唇をついばまれ、ベアトリクスは本能的に応える。

愛しさの籠もったキスをされている間、ずっといたわるように頭を撫でられる。

――あぁ、この手を知っている。

――ずっと昔、死を迎えた時にも、私は彼の手に慰められていた。

「トリス、愛してる。三百年前も今も、魂も心も肉体も、何もかも愛してる」

ルビーのように美しい赤い目が、優しく細められる。

ベアトリクスは微かに震える手でアバドンの頬を撫でた。

なめらかな肌を辿り、目の前にいる魔王を確認する。

アバドンはその手に己の手を重ね、微笑んだ。

「大丈夫だ。俺ならお前を幸せにしてやれる」

愛しげに微笑んだ魔王は、それ以上何も言うなと言わんばかりに、深く口づけてきた。

「ん……っ、ふ、――ぅ」

彼の舌が口内に侵入し、歯列の裏側から口蓋、頬の内側とくまなく辿ってくる。

おずおずと応えようとしたベアトリクスの舌を絡め取り、舌の付け根をぐちゅりと舐め回した。

「うう……っ、ふ、――ん、ぅ」

ベアトリクスは唾液を嚥下し、苦しげに口を喘がせて酸素を求める。

アバドンはネグリジェの上から彼女の乳房をねっとりと揉み、薄い布越しに先端をカリカリと引っ掻いてきた。

ズグン……と下腹部に甘い疼きが宿り、ベアトリクスは腰をくねらせる。

その時、アバドンの魔法によってネグリジェのボタンがすべて外れてしまった。

「トリス、愛してる」

熱い掌が直に乳房に押しつけられ、捏ねるように揉んでくる。

アバドンは柔らかでたっぷりとした柔肉を五指で確かめ、指の腹で柔らかな乳首をスリスリと擦って勃起させてきた。

「ぁ……っ、は、――アバドン……っ」

涙混じりの声で彼の名前を呼んだ時、潤んだ目元にキスをされ、涙を舐められた。

「トリスの涙は極上の味がする。お前を泣かせる夫になりたくないが、泣いた時はこうやって拭わせてくれ」

サラサラと金髪を梳られ、自分だけを甘やかす声が耳朶《じだ》に入り込む。

「あ……。アバドン……」

少し甘えた声を聞いただけで、彼はベアトリクスの望みを察した。

アバドンは彼女の乳首に吸い付くと、舌を絡めて勃起した場所をいやらしく転がしてきた。温かな舌に気を取られている間、彼の手は引き締まった腹部から柔らかく膨らんだ恥丘に至る。金色の和毛を撫でたあと、指を潤んだ秘唇に滑らせた。

「ん……っ、あ、あぁ……っ」

乳首からジンジンと、甘い愉悦が全身に広がってくる。

もしかしたら彼の唾液に、催淫効果が含まれているのかもしれない。

腰を浮かせた彼女の蜜口はクチュクチュと揉まれ、ベアトリクスは自分がすでにたっぷりと秘部を潤わせているのを知った。

アバドンは乳首を口内に含み、勃起したそこを唇でしごいたあと、ヌルヌルと舌で舐めて攻めたてる。反対側の胸も大きな手に蹂躙され、乳首の先端にある小さなへこみをカリカリと引っ掻かれた。

「あぁ……っ、ぁ、ん……アバドン……っ」

ベアトリクスは悩ましく首を左右に振り、カクカクと腰を揺らす。彼女の嬌態にアバドンは妖艶に微笑み、応えるように蜜口に長い指を埋めてきた。

「んぅう……っ」

潤みきってぐずついた場所に、彼の指が入り込む。

そして指の腹で膣壁を擦り、ベアトリクスの弱点を執拗に刺激してきた。

「あぁっ……ぁ、あぁ……っ、ん、そこ……っ」

アバドンはすぐにベアトリクスの感じる場所を探り当て、指で執拗に擦り立ててくる。

チュクチュクと静かな水音を立て、ひたすらにベアトリクスの官能を煽って感じさせようとしていた。

「気持ちいいか？　ここは？」

アバドンの親指が膨らみかけたベアトリクスの肉芽に触れ、コリュコリュと左右に揺さぶって刺激してくる。

「んあぁっ！　そこ、駄目ぇっ……あっ、――っぉ、……おかしくなるっ」

「気持ちいいんだな。素直でいい子だ」

アバドンはちゅうっと乳首を吸って甘噛みし、彼女の蜜壺を暴く指を二本に増やした。

彼の指が動くたびにヌチュクチュと泡立った音がし、ベアトリクスは頭の中を真っ白にさせていく。

「う……あ、あぁあっ、――や、ぃ……く、達く……っ、ぁ、あぁ……っ！」

ベアトリクスの腰がガクガクと震え、足がシーツの上で滑る。彼女の腰が浮くと、アバドンは手で支えて舌を鳴らす。するとベアトリクスの腰の下にクッションが現れた。

そのまま秘部が天井を向く体勢にされ、ベアトリクスはハッと息を呑む。アバドンはさらけ出された秘部に整った顔を近づけ、口淫しようとしていた。

「ま、待って……っ、そこは……っ」

「ここも愛させてくれ」

上目遣いに愛を乞われ、お腹をいやらしい手つきで撫でられると、蜜壺がきゅんと疼いた。アバドンは蜜壺から指を引き抜き、愛蜜にまみれたそれを、ベアトリクスを見つめながら舐め取った。

「や……っ」

お世辞にも綺麗と言いがたいものを舐められ、彼女は真っ赤になる。

その表情を見てアバドンは意地悪に笑い、今度は直接彼女の秘所に唇をつけてジュルジュルと吸い、舐めてきた。

「っあぁあぁっ！　や、やだぁ……っ！」

あまりの羞恥に両手でアバドンの頭を押すが、ビクともしない。それどころか、例によって彼の舌が長く伸び、蜜洞をズボズボと犯してくる。

「っひぃいっ、あっ、――あぁああっ、やぁ、駄目っ、駄目ぇっ！」

目の前で光が明滅し、ベアトリクスは口端から涎を垂らして悶え抜く。指とは異なるしなやかで長い感触に、羞恥と淫悦が増しておかしくなりそうだ。舌は自由自在に動き、ニュルニュルと蜜道を前後して彼女の弱点を擦り立てる。

「駄目、――あっ、駄目、駄目駄目駄目……っ、ぁ、あぁあぁーっ！」

とどめに勃起した淫玉を撫でられ、ベアトリクスはプシャッと愛潮をアバドンの顔に浴びせて絶頂した。

「ん……。美味い」

アバドンは顔に掛かった透明な体液を舐め、嬉しそうに微笑む。彼はベアトリクスを絶頂させて満足したあとも、指で顔を拭って透明な汁をちゅっちゅっとしゃぶった。

「う……っ、ぅ、……うぅー……、……変態ぃ……っ」

ベアトリクスは羞恥で真っ赤になり、両手で顔を覆ってすすり泣く。

まさか口淫されて、粗相のようにしぶいてしまうと思わなかった。

力のない目でアバドンを睨んで起き上がろうとするが、それより先に彼がいきり立った

モノの先端を蜜口に押しつけてきた。

「ちょ……っ、ま、待って……」

「待たない」

興奮しきったアバドンは腰を進め、大きな亀頭がぬぷりと侵入してくる。

続いて太い竿がみちみちと隘路を割って進み、ベアトリクスは大きく息を吸う。

「ぁ、あう……っ、ぉ、おっき、……ぃ」

「トリス、力を抜いてくれ。キツい……」

アバドンは汗を浮かべてうっすら笑い、ベアトリクスの腰を摑んで腰を揺らし、少しずつ肉棒を埋めていく。

「あっ、あぁあーっ……ぁ、……はぁあ……っ」

とうとう最奥にとちゅんと亀頭がキスをし、ベアトリクスはたらりと涎を零した。

虚ろな目で天蓋の絵画を見上げていると、アバドンが少しずつ腰を動かし始める。

「ぅ、あ、……あ、あぁ、んぅ、ぁ、……あ」

ヌチュヌチュといやらしい水音がし、ベアトリクスの脳内は悦楽一色に塗り替えられていく。

もうアバドンの事しか考えられないのに、ベアトリクスは天蓋の天井にある楽園の絵を凝視していた。

城内にある美術品は、悪魔的な意匠が多い。だが彼女の部屋だけは、普通の風景画や宗教画が飾られてあった。

いつもは「神様が見守ってくださっている」と思っていた楽園の絵を、今はとても〝遠く〟感じる。

（私にはもう、神様に祈る資格がない）

目の前にある楽園は、所詮アバドンに見せられていたまやかしだ。

魔王に突き上げられて嬌声を上げながら、ベアトリクスは両目から滂沱《ぼうだ》の涙を流す。

「トリス……泣くな。俺がいるから」

「あ……っ、あぁあっ、私……っ、わ、たし……っ」

ずんずんと最奥を突かれ、魔王の一物を締め付けながらベアトリクスは泣く。

（私を抱いているのは魔王。これから先、私はもう二度と神様に祈れない。天国の門をくぐれない）

確かに絶望しているのに、アバドンを憎む気持ちは芽生えない。

愚かなまでに一途に自分を想い、三百年も待ってくれていた彼を突き放すなんてできない。

（私は今まで沢山アバドンを悪く言って、叩いて、〝悪〟だという理由で嫌っていたのに……っ、彼は、ずっと私を……っ）

ベアトリクスはボロボロと涙を零し、嗚咽する。

その涙は、長年敬愛していた神と別れなければならない、悲しみの涙だった。

「神さ、まはっ、私を、……っもう、愛してくださらない……っ」

「あんな奴の事は忘れろ。もう祈らなくていい。そのペンダントも手放してくれ」

そう言って、アバドンはベアトリクスが肌身離さずつけていた、神のシンボルを睨む。

彼女の豊かな乳房の合間にあるそれは、ずっと彼にとって忌々しい物だった。

「だって……っ、私、ずっと神様に……っ、――ひぅ……っ、あぁーっ！」

ビンと勃起した淫玉を撫でられ、ベアトリクスは吠えるような声を上げて絶頂する。

達したばかりなのに、アバドンはバチュバチュと容赦なく腰を叩きつけ、淫玉をいじめ続ける。もう片方の手では乳房を揑ね、胸の先端をカリカリと引っ掻いた。

「駄目ぇっ、――また達っちゃう……っ、あぁああっ！」

ベアトリクスは思い切り彼の肉棒を食い締め、全身を汗みずくにして痙攣する。

思いきり締め付ける事で体内に入ったアバドンの化身を感じ、さらなる快楽を得た。

終わりのない快楽はまるで地獄の責め苦のようだ。なのに気持ちよくて堪らない。

「俺を選べよ。ずっとお前だけを愛し、悲しませない。お前がどれだけ転生しても、いつまでも追いかけて何度でも愛し続ける」

汗を浮かべ、赤い目を情欲に彩ったアバドンは、腰を叩きつけてベアトリクスを苛む。

そして彼女に、ドロドロとした情念のような愛情を注いだ。

煮えたぎる愛情の中でベアトリクスは溺れ、重苦しい想いに包まれていく。

「ま、お……なの、に……っ」

絶頂しっぱなしで意識を飛ばしかけたベアトリクスは、涙を流して呟く。

ゆらりと宙を泳いだ彼女の手を、アバドンがしっかりと握った。

「そうだ、俺は魔王だ。だが恋に落ちた一人の愚かな男でもある」

「ふ、ぅ……っ、うぅーっ」

クシャリと顔を歪め、ベアトリクスは両手で顔を覆って嗚咽した。

「トリス……っ、俺を選んでくれ……っ」

祈るような声で言ったあと、アバドンは猛然と腰を振りたくり、ドチュドチュとベアトリクスの最奥をいじめ抜いた。

「あぅっ、あ……っ、あぁっ、――はぁあっ、……ぁっ、あぁーっ！」

ベアトリクスは両手でアバドンの背中を引っ掻き、本能的に彼から逃れようとする。

「逃がすか。やっと手に入れたんだ」

耳元でアバドンの熱っぽい声がしたかと思うと、子宮口をズンズンと突き上げられる。

「――愛してる」

アバドンの愛の告白を受け、ベアトリクスは歓喜に打ち震え、涙を流した。

「っ、あぁ………っ」

最奥にドプドプと精を注がれる悦びを覚えながら、彼女は自分が身も心も魔王の手中に堕ちていくのを感じた――。

第七章　終わる魔王との契約

衝撃的な事実を知ってから、ベアトリクスは気の抜けた生活を送っていた。
それでも長年の癖で、走り込みや鍛錬は欠かさなかった。
何があっても筋肉は裏切らない。父にも兄たちにもそう教わってきた。
ベアトリクスが自分の気持ちと向き合う間、アバドンは特に何も言わなかった。
五日後、ベアトリクスはアバドンの執務が一区切りついた時間に彼を訪れた。
「お話があります。ドームの庭園がありますよね。あそこでゆっくり話したいです」
「分かった」
アバドンは立ち上がり、特に何も尋ねず彼女と一緒に歩きだす。
目的地に着くまで、彼はたわいのない話で間を繋げてくれ、その気遣いが嬉しかった。
魔王城の中にはドーム状の庭園がある。
ベアトリクスはそこをとても気に入っていた。
庭園には様々な植物が生え、色とりどりの花が咲き乱れている。七色の蝶が飛び、見た事のない小鳥が美しく囀る楽園のような場所だ。

少し歩いた場所にガゼボがあるので、ベアトリクスはそこを目指す。

シェムハザから聞いた話では、この庭園で栽培している薬草を治療薬にして民に配っているそうだ。中にはとても稀少な物もあり、魔王城だからこそ栽培できるのだとか。

ガゼボに着くと、すでにテーブルにはレースのテーブルクロスが敷かれ、ベンチの上にもクッションがあった。

側にはワゴンがあり、湯気の立つ紅茶のポットが置かれてある。

「準備がいいですね」

ベアトリクスはベンチに座り、向かいに座ったアバドンに笑いかけた。

「それが魔法のいいところだから」

笑顔のアバドンが紅茶を注いでくれる。

お茶が出されたあと、ベアトリクスは焼き菓子には手を伸ばさず、しばらく庭園を眺めていた。

やがて、彼をまっすぐ見て切りだした。

「あなたはいつもまっすぐな気持ちをぶつけてくれたのに、私は可愛げのない事しか言えなかった。まずはそれをお詫びします。私は……、イザベルに嫉妬していました」

アバドンは黙って聞いてくれる。

「ですが前世の記憶を取り戻し、嫉妬する必要もなくなりました。……そして、あなたの気持ちを受け入れてもいいと思いました」

白いティーカップの中で、琥珀《こはく》色の液体が微かに揺れている。

それに目を落とし、ベアトリクスは〝次〟の言葉を口にする勇気を高める。

その前に、アバドンも頭を掻いて謝ってくれた。

「俺も謝らなければならない。『三百年前の……』と言って、トリスが前世を気にするのは分かっていた。だが俺は最初からすべてを言わず、ごまかしていた。〝勇者〟について、神の呪いについて、三百年前に俺が何をしたか知れば、トリスが俺をもっと拒絶すると思ったからだ」

アバドンも素直になってくれたので、幾分気持ちが楽になった。

「悪いと思っていたのですか？」

「思っている。後ろめたい事を隠したまま、お前が真実を知る事なく俺を好きになってくれればいいと望んでいた。求めているのは、意のままになる女ではないのにな」

小さく笑った彼は、どこか晴れ晴れとした顔をしていた。

きっと彼も言いたかったのに、言えずにいたのだろう。

「自分で真実を知りたいと思い、調べました。今さら文句は言いません。それに私の運命は三百年前に決まっていました。もうどうしようもないのに、これ以上あなたを責めるつもりはありません」

混乱して荒れ狂った気持ちは、結局アバドンの深い愛に包まれて落ち着いた。

——だから、その責任をとってほしい。

心を決めたベアトリクスは、ニコッと微笑むと両手を挙げた。

「私の負けです」

「は？」

目を丸くした彼に、ベアトリクスは心からの笑顔を向けた。

「あなたを、好きになりました」

その言葉を口にしたとたん、下腹部に刻まれた淫紋がズグンと疼いた。

ベアトリクスは両手で下腹部を押さえ、必死に想いを伝える。

「っぁ……、あ、あなた……ほど、私をしつこく想って、追いかけてくれる人はいないです。あなたと……っ、幸せに……なりたい……っ」

下着に蜜が滴り、アバドンを見るだけで胸がドキドキと高鳴る。

はしたなくも、ここで抱いてほしいと全身が叫んでいた。

「……しつこいはひどいな。……自覚はあるけど」

アバドンは苦笑して立ち上がり、テーブルを回り込んで彼女の前に跪く。

「いいのか？　俺はお前の信仰も、聖騎士としての存在意義もすべて奪った」

「構いません。私は……、魔王アバドンを愛しています」

ハッキリと口にした瞬間、胸元でペンダントが、パンッと音をたてて粉々になった。

「ん——む、……ふ、ぅっ」

ベアトリクスは立ちあがったアバドンに唇を奪われ、ベンチに押し倒される。

すぐにドレスを脱がされ、素肌を晒した。

アバドンはこの世界で一番愛しい運命の女性を見下ろし、甘やかに笑う。

「トリス……。絶対に幸せにする。溺れるほど愛して、決して離さない」

アバドンは性急な手つきで軍服のジャケットを脱ぎ、ベアトリクスの手を掴むと自分の胸板に押しつけた。

胸の奥ではドクッドクッと心臓が高鳴っている。

「……アバドンも……、ドキドキしているんですか？」

「してるよ。ずっと昔から、トリスにだけ恋をしてる」

赤い目を愛しげに細め、魔王が優しく笑う。

今まで決して真に受けなかった言葉を、これからは素直に受け止められる。

「っ、わ、──たしも、好き……です……っ」

想いを口にした途端、ポロッと涙が零れた。

その涙を、アバドンは優しく舐め取る。

ベアトリクスはたっぷりとした胸の果実を揉まれ、歓喜を得る。

聖騎士としては邪魔としか思わなかった女らしい体を、今はアバドンに愛される大切な体と思えた。

胸を揉まれるのも、乳首を吸われるのも嬉しい。

彼の指はベアトリクスの秘所に這い、催淫効果でたっぷり濡れた場所に潜り込む。

手が動くとジュプジュプと激しい水音が立ち、ベアトリクスは歓喜の声を上げた。

この行為の果てに、いつか子供が生まれるのかと思うと幸せな気持ちになる。

人間と魔王の間に生まれた子はどうなるのか分からないが、好きな人との間にできた子なら、どんな姿でも愛せると思った。

意地を張るのをやめただけで、自分が生まれ変わり、世界がキラキラと輝いているように思えた。

――いや、実際輝いていた。

「……アバドン？」

蜜壺を愛撫されて呼吸を荒げながら、ベアトリクスは彼の肩越しに見えたものを伝えようとして、声を上げる。

「ん？　どうした？」

早くもそそり立った熱杭を出したアバドンは、興奮を隠さず顔を上げる。

「庭園が……、凄い事になっています」

「え？　――あ」

アバドンが振り返った先、庭園では花びらと光の粒子がふわふわと舞っていた。

「は……はは。俺の心がだだ漏れてしまったようだ」

「もう……」

ベアトリクスは苦笑いする。

アバドンは喜びを隠さず、彼女に口づけた。

彼は蜜壺に挿入した指で濡れ具合を確認すると、蜜に濡れた手で自身の屹立を握る。

「……抱くぞ」

「……はい」

目を潤ませたベアトリクスは、胸を高鳴らせて頷く。

下腹部では淫紋がジクジクと疼き、早く夫に貫かれるのを待っていた。

アバドンは硬い亀頭を蜜口に押し当てたかと思うと、ドチュンッと一気に貫いた。

「つんあぁあああっ！」

ベアトリクスは歓喜の声を上げ、唇の端からたらりと涎を垂らす。

「――トリス……っ」

アバドンはすぐにグチュグチュと凄まじい音を立てて腰を動かし、彼女を淫悦の坩堝に叩き落とす。

「はぁあぁ……っ、あぁあ、あーっ！」

淫紋による発情は一度の絶頂では収まらず、二人は何度も体位を変えて交じり合った。

ベンチの上で正常位で絶頂し、うつ伏せにされて四つん這いになった姿で獣のように貫かれた。さらにテーブルの上に寝かされ、立ったアバドンが腰を叩きつける。

最後は立ったアバドンに抱きかかえられ、ズボズボと抜き差しされる。

そのたびに彼に注がれた白濁が、愛蜜と混じって結合部からドロドロと滴った。

「あ、あぁアあっ！　も、やぁあっ、許してっ、許してぇ……っ、――ひ、ぁっ」

ベアトリクスは泣きながら訴えるが、絶頂してもこの疼きが止まらない事を知っていた。

「愛してるよ、トリス。ずっとお前だけが好きだった。お前と結ばれる日を三百年前から夢見ていた……っ」

アバドンは解き放った想いを叩きつけ、嵐のような愛を伝える。

身も心も満たされたベアトリクスは、歓喜の涙を流して彼の想いに応える。

（あ……）

最奥を突き上げられるベアトリクスは、アバドンの背中に〝あるもの〟を認めた。

白銀に光る翼だ。

ベアトリクスから愛されて、封印が完全に解けたのだろう。

汗を浮かべて一心不乱に自分を穿つアバドンの後ろに、オーラの奔流のような翼が広がっている。

巨大な翼が放つ白い光は、ガゼボの中からから庭園のドーム一杯に、果ては天井のガラスを越えて魔界の空を覆うほど大きくなっていく。

魔族ではないベアトリクスにすら、魔王の力が魔界に満ちていくのが感じられた。

自分を見つめる妻の視線に気づき、アバドンはこの上なく幸せそうに笑う。

そんな彼に、ベアトリクスも愛しさ一杯に微笑み返した。

すべての行為が終わったあと、ベアトリクスの下腹部からは淫紋は消えていた。

＊＊

体液で濡れたベンチは、行為が終わってベアトリクスがぐったりしているうちに、いつの間にか綺麗になっていた。

彼女の体も魔法によって清められている。

ベアトリクスは庭園内にあるハンギングチェアに、アバドンに後ろから包み込まれ、乳房を揉まれながら座っていた。

ドレスの胸元ははだけたままで、ときおり耳元で「愛してる」と囁かれ、頬にキスを受ける。

もう意地を張らずにそれらを受け入れていいのだと思うと、一気に気持ちが楽になった。

「これで私は正式にあなたの花嫁になった訳ですが……」

「『ですが』？　何かまだあるのか？」

アバドンはギクリとして身を強張らせる。

「最後に、姫様や家族に挨拶をしてもいいでしょうか？」

本当の意味で魔王の花嫁になる決意はしたが、やはり大切な人に別れを告げておきたい。そう思って尋ねたのだが、予想外の答えが返ってきた。

「最後にと言わず、会いたい時に会えばいいだろう」

「へ？」

声を漏らしたベアトリクスの頭を、アバドンはいい子いい子と撫でる。

「トリスは妻になると決めてくれた。俺を心から愛して封印も解いてくれたし、もう逃げないと信じている。だったらバーデン侯爵と結婚したベアトリクスとして、人間界でも活動すればいい」

「い……、いいのですか？」

「うん」

あっさり頷いた彼を見て、ベアトリクスは首をひねる。

そして問題点を列挙していった。

「バーデン侯爵の領地や城は認識を歪める魔法を使うとして、問題ないですか？」

「城だけじゃなく、領民や街も適当に作って、魔法で作った人を住まわせる。そのうち本物の人間が移住してくるかもしれないが、それでいいんじゃないか？　俺たちは必要な時に向こうに行って、侯爵と侯爵夫人を演じればいい」

「レイフォールド国王陛下にはなんと？」

「〝昔からいた〟バーデン侯爵はちゃんと登城して働き、謹厳実直で評判のいい貴族っていう事にしておくさ。交友関係や代々の家系も、うまく認識を歪めておく」

ベアトリクスは溜め息をつき、彼に身を預ける。

「……魔法は万能ですね。魔王だからというのもあるのでしょうか」

「もっと褒めて」

「……もぉ。私は飴《あめ》と鞭で育てる主義ですからね」

ベアトリクスは、ほしがるアバドンの銀髪を撫でて、クスクス笑う。

そのあと、不意に彼を振り向き、真顔で言う。

「ずっと思っていましたが、変な髪の色ですね。どうせなら全部銀髪か、全部黒髪にすればいいのに」

「はは、ひどい。……まぁ、あいつと双子だからな。あいつは金髪で俺はもともと銀髪だった。少しずつ闇色に染まっているが、まだピュアッピュアの魔王だから元の色が強いのかな」

ピュアッピュアの部分だけ、やけにいい子ぶりっこな言い方をするので、ベアトリクスは噴きだした。

「人を攫ってむりやり花嫁にし、触手で犯す変態のどこかピュアなんですか」

「ふふん？　そういう俺が好きな癖に」

したり顔で微笑まれ、ベアトリクスはとうとう大きな声で笑いだした。

＊＊

後日、レイフォールド王国のバーデン侯爵と婚約者という体で、アバドンとベアトリクスはリヒテンバーク聖王国を訪れた。

さらわれた聖王女の身代わりとなり、大怪我を負ってでも魔王のもとから逃げたベアトリクスを、城中の者が歓迎した。

しかも結婚相手まで見つけてきたので、「よくやったな！」と言われるほどだ。

「トリス！　本当に戻ったのね！」

「姫様！」

シャルロッテを抱き締めて再度彼女の無事を確認したあと、ベアトリクスは謝罪した。

「姫様、すみません。私は魔王の妻となります」

今にも泣きそうな顔で告げたベアトリクスに、シャルロッテは温かく微笑む。

「……愛してしまったのね？」

動じていない彼女は、まるで最初からこうなると分かっていたようだ。

「驚かないのですね？」

「だって、前に来てくれた時にピンときたもの。トリスがあそこまで男性に気を許している姿って、今まで見た事がなかったわ。相手が誰であれ、あなたが素のままでいられるなら応援したいわ」

「……さ、さすが姫様……」

以前訪れた時は、まだツンツンしていた時期だった。

なのにそこまで見透かされていたのかと思うと、恥ずかしさもあるが感心もする。

〝バーデン侯爵〟と、どう生活するのか説明すると、シャルロッテは何度も頷いた。

「魔法って凄いわね。でも私の認識も歪められるかもしれないと思うと、少し不安だわ」

そう言って、シャルロッテはソファに腰かけているアバドン――バーデン侯爵を見る。

「心配しなくていい。お前は大事な〝姫様〟だし、トリスを悲しませる事はしない」

「姫様を〝お前〟呼ばわりしないでください」

改めてアバドンの隣に座ったベアトリクスは、ベチンとアバドンの腿を叩く。

だが彼は「ご褒美……」と呟いていた。

彼の変態に慣れてきたが、叩かれて喜ぶ姿にはまだ慣れない。いや、慣れたくない。

「それはともかく、魔王に大事にされているみたいで安心したわ」

以前なら全力で否定していたが、今のベアトリクスは違う。

「魔王ですが、この人以上に私を大事にしてくれる人はいないと思うので」

「トリス！　ぅぷっ」

感極まったアバドンが抱きつこうとするが、ベアトリクスは掌で彼の顔面を押し返した。

「つきましては姫様。家族を安心させるために〝バーデン侯爵〟と式を挙げるので、ご出席頂けたら幸いです」

「勿論よ！」

聖王女と話し合ったあと、ベアトリクスはジングフォーゲル家へ向かった。

＊＊

馬車がタウンハウス着く頃、屋敷の前には家族が立って彼女の帰還を待ち詫びていた。

「トリス‼」

「お兄さ――、むぐっ！」

心配を掛けたと詫びる前に、ベアトリクスは筋肉に挟まれてうめいた。

「トリス！　無事で良かった！　なかなか騎士団を動かせなかったから、兄様たちが単身乗り込もうかと思っていた」

「本当に無事で良かった。しかもあんな美男を連れて帰ってくるとは……。でかしたぞ！　騎士たるもの、転んでもただでは起きないものだ」

がっしりとベアトリクスを前後から抱き締めているのは、長兄のクリストフと次男のカールだ。

二人とも金髪碧眼の美男だが、筋肉の厚みが凄い。おまけに性格も暑苦しい。

「こ、転んでただで起きないのは商人です。……ぐ、ぐるじい……」

手をばたつかせると、母カサンドラが拍手した。

「トリス、無事に戻ってきた事を、お母様に証明してちょうだい。いつもならお兄様ぐらい、持ち上げて華麗に技を決めていたじゃない」

「お母様！　お客様の前でそんな事を言わないでください！」

ベアトリクスは感動の再会を果たそうとしたのに、相変わらずな家族に呆れる。

そして目の前にいるクリストフの襟をガッと摑むと、腰のサッシュベルトも摑んで脚を払い、見事に投げ飛ばした。

「おお……」

ベアトリクスのたくましい一面を見て、アバドンが拍手をする。

彼の隣にいつの間にか立った父が、照れながらうれし涙を拭った。

「いや、お恥ずかしい。我が娘ながらたくましくて嬉しいです」

「嬉しいんですか」

二人が会話を始めたのを見て、ベアトリクスは溜め息をついて屋敷を示す。

「ひとまず入りましょう。兄を投げ飛ばしたなど醜聞もいいところです」

「なんだ、演習では騎士たちをちぎっては投げ、ちぎっては投げていたくせに」

「お兄様は黙っていてください」

ピシャリと兄を黙らせたベアトリクスを見て、アバドンは快活に笑った。

屋敷に入ったあと、お茶とお茶菓子を出される。

最初にカサンドラが涙を拭いながら言った。

「それにしても本当に無事で良かったわ。魔王に攫われて、聖王女殿下だけ無事に戻られたと聞いて、卒倒してしまうかと思ったわ」

ベアトリクスは、久しぶりの実家の焼き菓子をパクついている。

「……思っていたより魔王は大した事がなかったので、股間を蹴って目潰しをして、隙をついて逃げて参りました。北の地は荒れ地で環境が酷かったので、岩場から落ちて怪我を負ってしまったのです」

ベアトリクスの適当な嘘に、アバドンがじっとりとした視線を送ってくる。

「扱いがひどい」と言っているのが、聞こえるようだ。

それにベアトリクスが「あとで謝りますから」と視線を向けていると、母が「まぁあ～」と両手を頬に当てて体をくねくねさせる。

「アッシュ様とトリスは、もう目と目で通じ合う仲になっているのね。あぁっ……。あの筋肉だけが取り柄だったトリスが、こんな美男と結婚するなんて……っ」

「アッシュ殿、本当にお礼申し上げます。うちの娘を助けてくださっただけでなく、こんな筋肉質で強気な娘をよくぞ嫁に……」

「俺も『お前の妹は美人なのに婚期が遅れてるな』とさんざん言われていたんだ。これで胸を張って『妹は立派な人に嫁いだ』と言えるぞ」

口々に言う家族の言葉を聞き、ベアトリクスは溜め息をつく。

「結局、女性は嫁ぐのが幸せなのでしょうね」

するとの全員が慌ててフォローする。

「いや、必ずしもそうとは言わない。お前は自分の身は自分で守れるし、堅い職について自立していた。それを私は誇りに思っている。……だが一人娘だから、孫を見たい気持ちもあったんだ」

父が言い、母も頷く。

「そうよ。結婚が女のすべてという価値観はもう古いわ。でも将来お母様たちが頼りなくなった時、あなたの側に支えてくれる方がいると安心できるの」

説明を受け、ベアトリクスは納得する。

確かに親は先に老いる。

親が自分たちの死後を心配する頃、ベアトリクスの側に夫や子供がいれば、安心できるのだろう。

「……そうですね。私はこれから先、アッシュ様と共に生きると決めました。姫様にお仕えする事は至上の喜びでしたが、やはり……その。男性に愛されるのは……、わ、悪くないですね」

アバドンが隣でニコォといい笑みを浮かべる。

家族や家令も、ベアトリクスの変化に温かな笑みを零していた。

「トリスも女だったんだなぁ……。いや、小さい頃から可愛かったけど、あんまりにも男っ気がなかったから『俺たちが側で支えてやらないと』と思っていた。だから、ちょっと寂しさもあるな」

　カールが感傷に浸り、弟の肩をクリストフが叩く。

「まぁ、めでたいじゃないか。これで三兄妹全員が既婚者になる。俺らの義兄弟になるアッシュ殿には、仲良くしてもらわないとな」

　その時、ベアトリクスがサッとアバドンに囁いた。

「気を付けてください。我が家は全員酒豪です。飲まされ、絡まれます」

　だがアバドンは軽く眉を上げ、不敵な笑みを浮かべた。

「なぁに、こっちの酒では酔わんよ。返り討ちにしてやる」

　酔い潰そうとするジングフォーゲル家と、やり返そうというアバドンが、にこやかに笑い合った。

＊＊

　結婚式を挙げる時期は、本来準備をするのに必要な時間を空けて考えた。

　本当は魔法を使えば一瞬で用意できるが、そうはいかない。

　ベアトリクスがバーデン領に滞在していた時から、二人は結婚の約束をし、婚約したという事になっている。その上で、式は翌年の春に執り行われる事になった。

　魔界では真っ黒なウエディングドレスを着たベアトリクスだが、今回は念願の純白のウエディングドレスを着られてご機嫌である。

結婚式当日、ベアトリクスの蜂蜜色の金髪は編み込まれて纏められていた。

ドレスは首元から手首までレースが覆い、胸元はハートカットになっている。スカートは流れるようなレースが何重にもなり、所々に白い薔薇《ばら》がついて豪華だ。

ベアトリクスの花嫁姿を見て、かつて彼女に「嫁き遅れ」と陰口を叩いた女性たちは、悔しさに顔を歪ませた。

おまけに新郎――アッシュが極上の美男なので、悔しさも二倍だ。

バーデン侯爵領は適度な広さだが、都市に囲まれてそびえ立つ城は、聖都の王宮にも勝るとも劣らない壮麗さだ。

アッシュは周囲に「歴史が古いだけの城ですから」と謙遜していたが、ベアトリクスが羨望されるように、張り切って創ったのは見え見えである。


ベアトリクスは、教会のヴァージンロードを父にエスコートされてしずしずと歩く。

ヴァージンロードの途中には、黒と赤を基調にした軍服姿のアバドンが立っている。

サーベルを腰に佩《は》いて微笑んでいる彼は、文句なしに格好いい。

父から新郎に花嫁が託され、ベアトリクスはアバドンにエスコートされて祭壇に向かう。

挙式するにあたり、ベアトリクスは、アバドンたちが教会に関わって大丈夫なのか心配した。

だがアバドンの魔力で作られた教会は、神の力が宿らないらしい。司祭役もシェムハザの分身で、切り離した自分の一部が聖書を朗読するぐらい、どうって事はないようだ。因みに彼の本体は花婿の介添人をしている。

パイプオルガンの奏者やヴェールガールにリングボーイも、すべてアバドンの魔法が作った〝親族〟で、新郎側のベンチに座っている貴族たちもほぼ創りものだ。

だが二人の結婚式に駆けつけた〝本物〟の新郎側の参列者もいる。

やけに存在感のある紳士淑女たちは、事前にアバドンから「魔界から親戚が数人来る」と聞いていた人（？）たちだろう。

シェムハザの分身である司祭が式を執り行い、ベアトリクスはもとからつけていた結婚指輪を、もう一度嵌められる。

「それでは、誓いのキスを」

アバドンにヴェールを上げられた時は、さすがにドキドキした。

魔界での式は三人だけだったが、今は家族やシャルロッテも含め、大勢の人の前で誓いを立てる事ができる。

本当の意味で神に誓いを立てられなくても、〝形〟を整えてくれたアバドンには大感謝だ。

「一生大事にする」

囁かれたあと、優しく唇が重なる。

誓いのキスをされ、ベアトリクスは人間界でもアバドンの妻となれた。

大勢の参列者から祝福され、ベアトリクスは広々とした庭園で、開放的な酒宴を楽しんでいた。

客人はパーティーのあとに城に泊まるので、時間を気にせず飲み交わしている。

シェムハザが大量の花を用意してくれ、二人が座るテーブルのみならず、各テーブルにもふんだんに花が飾られてある。

庭園にある噴水は花で覆い尽くされ、すべてが美しく彩られている。

あちこちにある篝火《かがり》には微かに魔法が混じって、火の色がまろやかで優しい。

アバドンは「我が領地は妖精の祝福を受けているのです」と言っていた。

言葉の通り森や花の近くでは、魔王の結婚式にかけつけた妖精が、金色の燐光を振りまいている。

見るも豪華で妖精の祝福も受けた結婚式に、参列者は大いに満足した。

その中でアバドンの親戚は、人間たちと挨拶をせず大人しく杯を傾けていた。

「トリス、ちょっと親戚に挨拶をしていいか？」

「ええ、私も伺います」

彼らのもとに行くと、若い男性が手に持っているグラスを掲げてアバドンに挨拶をしようとする。

「まお……」

「それはなし」

「魔王陛下」と呼ばれかけ、アバドンは指でバツを作る。

「失礼、失礼。アッシュ殿、ご結婚おめでとうございます」

青年は大して悪く思っていない様子で言い直し、続いて老紳士から美青年、美少年に美女、様々な年代の人々が礼をする。

「彼らは魔界の貴族だ。俺の親戚で、叔父とか叔母とか、従兄弟に甥《おい》っ子姪《めい》っ子など」

「はじめまして。ベアトリクスと申します」

頭を下げると、先ほどの男性が、しげしげとベアトリクスを見て微笑んだ。

「へぇ、本当に綺麗な魂だ」

「……ありがとうございます」

(魔族って本当に魂が好きなのね)

その価値観はよく分からないのだが、一応お礼を言っておく。

「〝上〟のお兄様が先に印をつけたんでしょう？　それを陛下が奪ったのよね？　あらやだ、ドラマチック」

蠱惑的な美女が言い、空を見上げて「残念ねぇ」と笑う。

恐らく、神の事を言っているのだろう。

「まぁ、それは神のみぞ知るっていう感じかな」

外見年齢は十代前半に見える少年が老成した口調で言い、さりげなく舌を焼いている。

（魔族は舌が焼ける事に頓着がないのね）

そう思いつつ、ベアトリクスは親戚になる面々と、風変わりな会話を楽しんだ。


席に戻る途中、シャルロッテが二人を待っていた。

「トリス、本当におめでとう」

何度目になるか分からないハグをし、二人は微笑み合う。

「あー、聖王女」

だがそれに水を差すようにアバドンが咳払いし、ベアトリクスの肩を抱く。

「ふふ、何ですか？　アッシュ。花嫁を取られそうで嫉妬しているのですか？」

「そ、そうじゃなくてだな」

図星だったのか、アバドンの視線が泳ぐ。

「秘密を守ってくれるなら、お前の部屋とこちらの鏡を繋ごう。あくまでトリスだけが自由に行き来できる前提でだが」

「いいんですか？」

ベアトリクスが顔を上げると、アバドンは優しく微笑む。

「妻が喜ぶ事をしたい。トリスにも息抜きは必要だろう」

「ありがとうございます！」

喜び一杯に笑ったベアトリクスを見て、彼は満足そうに頷く。

「わたくしからもお礼を申し上げますわ」

シャルロッテにも礼を言われたが、アバドンは緩く首を横に振った。

「構わんさ。都合をつけるぐらいたやすい。これからトリスには、俺と一緒に永い時間を生きてもらう。人間の命は短いから、当分はそちらを優先する」

アバドンの言葉を聞き、ベアトリクスは魔王と結婚した実感を得る。

ベアトリクスは人間だが、アバドンと永い人生を歩むために、いずれ生き方を選択しなければならない。

自分が長く生きる事については、アバドンがいるのでそれほど問題視していない。

だがいつか家族やシャルロッテ、友人知人と別れると思うと切なくなる。

それを察したのか、聖王女は明るく笑った。

「私がお婆ちゃんになるまで、トリスが側にいてくれるなら素敵だわ。これからの人生が、うんと楽しくなると決まったも同然ね」

前向きなシャルロッテの発言に、ベアトリクスは思わず笑顔になる。

「さすが姫様です」

「さあ、トリスは主役だから皆に挨拶なさい。皆こちらを気にしているわ。もっとも、私がトリスに会いたくて来てしまったのだけれど」

「姫様自ら足を向けてくださり、勿体ないです」

「うふふ。私はトリスの幸せを、この目でじっくり見たいのよ」

ベアトリクスは、相変わらず自分を大切にしてくれるシャルロッテに抱きつく。

そんな花嫁を抱き締め返しながら、聖王女はアバドンをチラッと見て優越感に浸った笑みを浮かべた。

自分に対抗意識を燃やす聖王女に、アバドンは「コノヤロウ」と呟いて苦笑するのだった。

終章　神と魔王に愛されし乙女

酒宴はまだ続いているが、ベアトリクスとアバドンは会場を抜けだした。

二人は入浴を済ませ、寝室にいた。

アバドンは元の姿に戻っている。もし酔っ払った客が城内で迷っても、二人がいる場所には決して辿り着けない魔法が掛かっているそうだ。

城は外観だけでなく、内装も見事だ。

あちこちに最も華やかとされた時代の装飾が施され、沢山の魔法の灯りやクリスタルガラスが光るシャンデリアが、夜でも明るく室内を照らす。

猫足の家具はとてもエレガントで、家具に合わせた壁紙や絨毯の統一性も見事だ。

勿論、美術品も人間界で活躍する画家や彫刻家の作品と寸分違わない物で、彼らのタッチや手癖を用いたまったく新しい物が飾られてある。

ベアトリクスは大きなベッドに沢山重なったクッションに身を預け、酔いを覚ますための果実水を飲んでいる。

「ちょっと疲れましたね」

「俺もあれだけの人数を相手にしたのは久しぶりだよ。魔界ではシェムハザぐらいしか側にいないから」

「……寂しい人生を送っていたんですね」

「寂しいって言うな」

拗ねた声で言ったアバドンは、グイッとベアトリクスを抱き寄せた。

「俺はこれから世界一可愛い奥さんと、ラブラブに暮らすから寂しくない」

アバドンはそう言って、ちゅっと優しく口づけする。

そのあとベッドの上に優しく押し倒され、蜂蜜色の金髪を手で梳《す》かれた。

「二度目でも初夜っていいものだな」

「……ドキドキしていますね」

ガウンを着たアバドンの胸板に手を押しつけると、彼の鼓動が伝わってくる。

アバドンもまた、ベアトリクスの谷間に掌を押し当てた。

「トリスも興奮してるだろ」

「……否定はしませんが」

赤面して呟いたあと、ベアトリクスはフイと横を向く。

だがアバドンにネグリジェ越しに乳房を揉まれ、「あ……」とか細い声を漏らした。

「二回も結婚したんだから、次に転生してもまた俺の妻になってくれ」

「これからどれだけ生きるのか分からないのに、先の事は約束できません」

呆れて言うと、アバドンは「ちぇー」と唇を尖らせる。

「まぁ、死なせないけどな。死にたくないと思うほど、俺と一緒に生きるのが楽しくて堪らない人生にしてやる」

「楽しみにしています」

ベアトリクスはクスッと笑い、アバドンの首に両腕をまわしてキスをせがんだ。

すぐに濃厚なキスが始まり、とろりと舌が触れ合うと水音が立つ。

魔法でネグリジェのボタンがすべて外れ、その隙間からアバドンの手が滑り込んだ。

絹のような肌を夫の手が探り、重たげな乳房に指先が沈む。

「ン……」

指先でクリクリと乳首を刺激され、すぐにそこがぷくんと勃ち上がる。

「可愛い……」

アバドンはキスの合間に囁き、またキスをしてきた。

もっちりとした乳房を存分に堪能したあと、アバドンの手はベアトリクスの引き締まった腹部をたどり、腰から臀部《でんぶ》を撫でて張りのあるお尻を揉む。

「……あぁ……」

ベアトリクスは軽く脚を開き、アバドンを受け入れる意思を見せた。

彼の手はスベスベした内腿を撫で、金色の下生えを辿ってから秘唇に至る。

ベアトリクスは彼の銀髪を両手で梳り、乳房を吸って所有印を刻む夫の名を呼んだ。

「あぁ……、アバドン……。気持ちいい……」

彼の髪はツンツンした見た目に反して、とてもサラサラして気持ちいい。

髪の事を言ったのに、アバドンは勘違いしたようだ。

「そうか？　嬉しい。じゃあ、もっと気持ち良くなろうな」

「えっ？　ぁ……、あ！」

乳房への愛撫で濡れた場所に、指が差し込まれて彼女は大きく息を吸う。

「体から力を抜いて、ゆっくり息を吐いて」

「ん……、ン、ぁっ、あぁ……」

じゅぷ、じゅぷ……とアバドンの指が膣内を探り、ベアトリクスの感じる場所をゆっくり刺激した。

猫の顎をくすぐるような優しい愛撫に、ベアトリクスの声が甘く高くなってゆく。

「あぁ、あ……っ、ぁ、あぁんっ、ン、んーっ……」

腰がビクビク震え、ベアトリクスは込み上がる淫悦を耐えるために己の指を噛んだ。

「指を噛むな。体を傷つけたら駄目だ」

アバドンは優しく妻の手を握る。

「だ、だって……っぇ、あ、アァッ、……っぁ……っ」

何か言おうと思っても、膨らんだ肉芽をコリュコリュと揺さぶられて声も体も震える。

与えられる刺激も彼の声すらも気持ちよく、無意識に彼の指を膣肉で締め上げる。

「体は『気持ちいい』って言ってるんだから、もっと素直になれ」

「やぁあっ、そこ、っっ——そ、こ、駄目ぇっ」

アバドンは淫芽の包皮を剝き、秘められた真珠をピチャピチャと撫でてきた。

「うんっ、——あ、あぁ……っ、ぁ、ひ——っ、ぁああっ」

たっぷり潤った蜜壺には、いつのまにか指が二本挿し入れられ、グチュグチュと淫らな音を立てて前後している。乳房も揉まれ、勃起した乳首を優しく引っ掻かれて甘い掻痒《そうよう》感が全身を襲った。

「っひあぁああっ！　駄目っ、だめっ、——んっ、あぁあああっ」

ベアトリクスは悲鳴に似た嬌声を上げて絶頂し、アバドンの指をギュウギュウと締め付けて体をいきませる。

目の前でパチパチと何かがはぜるような感覚を味わいながら、ベアトリクスはゆっくり脱力していく。

「初夜の妻を味わわせてくれ」

アバドンは蜜壺から指を抜くと、彼女の太腿を抱え上げ、秘部が天井を向くまで腰を高く上げさせた。

「ゃ……だ、こんな……っ、かっこ、……ぁ」

「奥の奥まで暴いてやるよ。全部俺のものだ」

抵抗も空しく、悪辣に笑ったアバドンの舌がヌルリと伸びて蜜口に侵入した。

「ぅ――あぁあっ！」

指や肉棒より柔らかく、だが弾力と長さのある舌に貫かれ、彼女は嬌声を上げる。

舌はズボズボと前後して、彼女の羞恥も体内も、何もかもを暴いた。

「あぁあっ、んぅぅうっ、うーっ、あぁああっ、あーっ！」

秘部にアバドンの荒々しい息を感じながら、ベアトリクスは善がり喘ぐ。

さらに充血した淫玉を指の腹でピチャピチャと叩かれて涙がでた。

「――ひ、ぁあ、あ、――あァ、駄目っ、……だ、――ぁあぁっ！」

どんどん高く細くなる声が途切れたかと思うと、ベアトリクスはガクガクと体を痙攣させて激しく絶頂した。

小さな孔から透明な汁がしぶき、アバドンの顔を濡らし彼女の胸元にも掛かる。

恥辱の雫を浴びて、ベアトリクスは放心しながらまた脱力した。

全身を恐ろしいまでの悦楽が渦巻き、これ以上何もされたくない。

なのに彼女は夫自身に愛される事を望んでいた。

「ぁ……、はや……く」

潤んだ目で夫を見つめ、ベアトリクスは呼吸を荒げて彼を求める。

「……すぐ愛してやるよ」

アバドンはとろりと目を細め、肉棒に手を添えると秘部を上向かせた彼女を一気に貫いた。

「んっ……、っあぁあああぁっ！」

ドチュッと最奥を突かれ、ベアトリクスは涙を零して声を漏らす。

「トリス、あったかくてきつくて気持ちいい」

アバドンは陶酔した顔で言い、すぐにズボズボと蜜壺に肉棒を抜き差し始めた。

「んぅううっ、うーっ、んあぁああっ、あぁうっ、うぅっ、うーっ」

ベアトリクスは潤んだ目で丸見えになった結合部を見る。

小さな蜜孔がこれ以上ないまで開き、太い肉棒を頬張っている姿を見せつけられ、体が燃え上がる。血管の浮いた肉茎が前後するたびに、蜜孔から泡だった愛蜜が溢れ、ベアトリクスの下腹部から垂れ下がってきた。

「トリス、気持ちいいか？」

ベアトリクスを肉槍で貫いたアバドンが、彼女の乳房を両手で揉み始める。ぷつんと勃起した乳首を摘ままれ、蜜で濡れた指でチュコチュコとしごかれた。

「あぁあっ、——き、……もち、ぃ……っ、やぁあっ、ぉ、……っかしく、な——」

恥ずかしい体位で犯され、被虐心を煽られた彼女は身も世もなく喘ぐ。

「あぁ、トリスのすべてが見える。最高だ」

アバドンはベアトリクスの太腿の裏を押さえ、片手で淫芽をヌチュヌチュといじめながらさらに腰を振り立てた。

「あぁっ、あぁあっ、んーっ、ぅあぁあっ、おく……っ、奥……っ、あぁあああっ！」

最奥までドチュドチュと突かれ、ベアトリクスは吠えるように喘いでから、つま先を閉じてまた激しく達した。

「――――ぁっ、くそっ、持ってかれ……っ」

アバドンは獰猛《どうもう》に唸り、きつい吸い上げに耐えきれず彼女の最奥目がけてドプドプと精を放った。

腰を押しつけられてすべての精液を注いだあと、アバドンは彼女の体をゆっくりベッドの上に横たえる。

ベアトリクスは荒くなった呼吸を必死に繰り返し、騒ぐ鼓動を落ち着かせた。

「トリス……」

アバドンは愛しい妻の名前を呼び、汗で顔に張り付いた金髪を優しく除けると、気持ちを込めて口づける。

「ん……ぅ、…………ぅぅ」

ねっとりと舌で口内をまさぐられ、ベアトリクスは息継ぎのタイミングで切ない吐息をついた。

そのまま、しばらく二人は手を繋いだままベッドに横たわっていた。

「トリス、聞いてくれ」

話しかけられ、ベアトリクスはうっすらと目を開く。

「……なんですか」

ぬくもった体に抱き締められ、体の奥まで満たされて、彼女は幸せ一杯に尋ねる。

「〝あいつ〟を……、神を恨まないでやってくれ」

舌を焼きながらも、アバドンはそう言った。

「兄弟思いですね」

苦笑いして言うと、彼は何ともいえない表情で笑った。

ベアトリクスは自分が信じていた神に、ある意味では裏切られたのを思いだす。

そして一つ息をつき、応えた。

「確かにイザベルの記憶を取り戻した時は、混乱しました。夢から覚めたばかりで、彼女の想いが強く残っていたから『どうして』という気持ちがありました」

手に少し力を入れると、アバドンがギュッと握り返してくれた。

そのぬくもりに微笑み、ベアトリクスは寝返りを打つと彼のほうを見る。

「……でも、あなたが側にいてくれました」

妻の言葉を聞き、アバドンは軽く瞠目する。

「私が絶望した時だけではありません。あなたと出会ってから、私は今までにないほど喜怒哀楽を表すようになりました。姫様といた時より、もっと遠慮のない感情です。私が悲しむ時も、楽しい時も、アバドンは隣にいて分かち合ってくれました」

「……なんか、誓いの言葉みたいだな」

アバドンが言うと、ベアトリクスは「そうですね」と笑う。

「私は神様よりあなたを選びました。私にどんな事が起こっても、あなたが支えてくれる。……違いますか？」

少し照れくささも混じって上目遣いに見ると、アバドンはクシャッと笑った。

「その通りだ」

彼は笑い、ベアトリクスをぎゅーっと抱き締めてきた。

「今はあなたが、私の信じる人です」

三百年かけてお堅い聖騎士の愛を得て、魔王は嬉しそうに破顔する。

外では妖精が幻想的な光を放つ夜、結ばれた二人は再び互いを求め合った。

番外編　魔王と元聖騎士の子作り事情

ベアトリクスがアバドンと夫婦になったすぐあとに、シャルロッテも外国から婿をとって式を挙げた。

しばらくの間、ベアトリクスは人間界と魔界を行き来して自由な生活を満喫していた。

アバドンのお陰でシャルロッテにも家族にも会える。

結婚したため聖騎士を除隊した形になったが、懐かしい仲間たちは彼女を見ると温かく迎えてくれた。

いっぽうでシャルロッテは結婚して世継ぎを……という流れになり、気がつくとふっくらとしたお腹を抱えていた。

それを見たベアトリクスが、自分も愛する夫との間に子をほしいと思ったのは自然の流れだった。

だがアバドンの話では、彼女が人間のままだと、魔王の強すぎるエネルギーに母体が耐えきれないらしい。

闇の力に呑まれて自我をなくし、体も子の養分と成り果ててしまう。

そうなるのを防ぐには、ベアトリクスが魔族になるしかないといわれ、しばし考えた。

「魔族になると、どういう変化がありますか？」

「魔力が今までと桁違いになるし、当然だが聖属性のものに弱くなる」

「姫様とお話できなくなりますか？　眩しくて見えなくなるとか……」

ベアトリクスの言葉を聞いて、アバドンはクスクス笑う。

「いや、そこまではないだろう。訓練すれば教会にだって行けると思うぞ」

「確かに……」

いつだったかアバドンが、教会の中で不埒な事をしてきたのは忘れない。

ジロッと睨むと、彼はわざとらしく視線を逸らす。

しばしベアトリクスは考えていたが、あっさり頷いた。

「では、魔族になりましょう」

「いいのか？」

アバドンが気遣わしげに尋ねたが、ベアトリクスは覚悟を決めた表情で微笑んだ。

「あなたと結婚した時点で、人間として生きる事は諦めました。姫様や家族よりあなたを選んだのですから、もっと喜んでください」

暗に「私がここまで覚悟したのだから」という意味を込めてアバドンを見つめると、彼はクシャッと破顔した。

「分かった！　同じ時間を生きよう、トリス」

アバドンはこれ以上なく嬉しそうに微笑み、ベアトリクスを抱き締めると優しいキスをした。

＊＊

ベアトリクスが魔族として生まれ変わるのに、半年ほどかかった。

転生するには、彼が作ったベッドのような闇の塊の中で眠る必要がある。

彼に半年のお別れを告げ、ネグリジェ姿のベアトリクスは深い眠りにつく。

目覚めた彼女を待っていたのは、半年前と変わらないアバドンとシェムハザだった。

「おはよう、トリス」

心地いい温度の闇に浸かっていたベアトリクスは、寝ぼけ眼で瞬きをする。

随分長い間、夢を見ていた気がしたが、少しずつ現実を思いだした。

「私、そういえば……」

夢の中でも自分はアバドンの妻という自覚はあり、大好きな人――シャルロッテや家族たちと幸せな時間を過ごす夢を見ていた。

「気分は悪くないか？」

「……ええ」

サラリと髪を掻き上げた時、指が耳に引っ掛かった。

「……ん？」

違和感を覚えて再度耳に触れると、彼女の耳の先はツンと尖っていた。

「これは……」

「魔力の高い存在は耳が尖る。今はまだ慣れていないかもしれないが、五感も魔力もすべてが研ぎ澄まされ、世界の力を鋭敏に感じ取るようになる」

「なるほど」

ベアトリクスはアバドンの手を借りて、ゆっくり闇のベッドから起き上がった。

「お似合いですよ。ベアトリクス様」

久しぶりに会うシェムハザに褒められて、彼女は「ありがとうございます」と笑った。

＊＊

その後、ベアトリクスは体調が整うまで少しの間療養した。

多忙なアバドンやシェムハザの〝影〟に相手をしてもらい、魔力をコントロールする術を会得したあと、人間界に行けるまでになった。

勿論、その時は人間に変身する。

シャルロッテの前で尖った耳をお披露目すると、「あら、似合うじゃない」だった。さすが何事にも動じない聖王女だ。

家族には〝アッシュ〟が魔族であると伝えていない。

なのでシャルロッテ以外の者と会う時は、相応に歳を重ねた姿に変身すると決めた。


(それで、問題が片付いた訳だけれど……)

夜、ベアトリクスはベッドの上で落ち着きなく髪を弄っていた。

夫婦となったあと、二人は自然と同じ寝室で寝るようになっていた。

勿論、アバドンが際限なく求めるからというのもある。

ベアトリクスとしても、色んな事があった上でせっかく夫婦になったなら、今までのようにツンツンする必要もないと思っていた。

今でも照れくさくなると彼に塩対応してしまうが、それも含めてアバドンは丸ごと愛してくれる。

そんな彼を、心の底からいい夫だと思っていた。

(アバドンも子供を望んでくれているなら、子作りの夜はいい思い出にしたい)

手持ち無沙汰に弄っている髪は、ツヤツヤだ。魔法の掛けられたブラシで毎日髪を梳いているので、輝かんばかりの艶を放っている。

魔王城で栄養たっぷりの物を食べ、沢山運動もしているので肌つやもいい。

(我ながら元気な子供を産めそうだわ)

考えている時に、寝室の扉が開いてアバドンが入ってきた。

「こんばんは、奥さん」

「……こ、こんばんは。……あなた」

思わず彼のノリに乗ると、アバドンは目を見開いたあとにしゃがみ込んだ。

「つらい……。トリスが可愛すぎてつらい……」

ドキドキして緊張していたのに、いつも通りの彼を見ると思わず笑ってしまう。

「不思議ですね。魔族になってから魔力の流れが分かって、魔界《ここ》にいると常にあなたに包み込まれている気がします」

そう言うと、ベッドの上に座ったアバドンは優しく笑った。

「転生したトリスは、俺の魔力でできているっていうのも、なかなかクるな……」

「いえ、気持ち悪いです」

彼に向かって手を突きだし、キッパリ言うと魔王はしょんぼり項垂れた。

「……でも、そんなあなたも好きですよ」

そっと彼の手を握ると、チラリとこちらを見たアバドンが嬉しそうに笑う。

「じゃあ、念願の子作りをしようか」

抱き寄せられ、チュッとキスをされる。

「あまりしつこいのは嫌ですからね」

アバドンの絶倫ぶりに参ってしまう時もあるので、先に釘を刺しておく。

「善処するけど、トリスは可愛いからなぁ」

言いながら、アバドンは妻を押し倒し、その首筋に口づける。

そして彼女のネグリジェ越しに大ぶりな乳房を揉み、その先端を指の腹で擦って勃起させた。

「はぁ……っ、……ん、あぁ……」

ベアトリクスは腰を微かに揺らし、夫の舌の感触に身を震わせる。

しばらく薄布越しに乳房を揉まれていたが、彼がパチンと指を鳴らすと身に纏っていた物がすべてなくなった。

「あぁ……っ」

デコルテにきつく吸い付かれたと思うと、白い肌にうっ血した痕がつく。

そのあとアバドンは柔らかな乳房を舐め、その先端で色づく場所を口に含んだ。

敏感な乳首をヌルヌルと舐め回され、ベアトリクスは吐息を震わせる。

その間、夫の手は彼女の引き締まった腹部を辿り、かつて淫紋が刻まれていた下腹部を辿って金色の和毛を撫でた。

「トリス、脚開いて」

優しく囁かれ、彼女は羞恥を覚えながら小さく脚を開く。

何度彼に抱かれていても、いまだ自ら積極的になる事に慣れていない。

「あ……っ」

すでに潤った場所にアバドンの指が触れ、その濡れ具合を確かめるようにピチャピチャと音を立てる。そのうち陰唇がふっくらと充血し、愛蜜がたっぷりと零れ出てきた。

彼はベアトリクスの脚を大きく開かせ、口淫を始めようとする。

「アバドン……」

彼が秘所に顔を埋める前に、ベアトリクスは赤面しながら彼の肩を押さえた。

「ん？」

「……その。……あなたが気持ちよくなるなら、私もしたいです」

婉曲《えんきょく》な言い方だったが、すぐ理解したアバドンは嬉しそうに目を細めた。

「じゃあ、二人で気持ちよくなろう」

ガウンを脱ぎ、その下の服もすべて脱ぎ去ったアバドンは、雄々しくそそり立ったモノを撫でて妖艶に笑ってから、ベアトリクスの顔を跨《また》いだ。

眼前に迫る雄茎を見て、彼女は体を火照らせる。

何回も自分の体に受け入れたはずなのに、いざ目の前にすると羞恥で顔を逸らしたくなってしまう。

アバドンはベアトリクスの腰の下に枕を押し込み、秘部の角度を調整したあと、ねっとりと秘所に舌を這わせ始めた。

「うぅ……っ、あっ、あぁ……っ」

濡れた秘所をヌルヌルと舐められ、彼女はくぐもった嬌声を漏らす。

「っひあああぁあっ！」

直後、アバドンの舌がヌルンと長く潜り込み、彼女を奥深くまで犯してきた。

（これ……っ）

人間から魔族に転生してから、アバドンに抱かれるのは初めてだ。

眠りについていた期間もあり、彼と愛し合う時に何をされるかを忘れていた。

ジュポジュポと音を立ててアバドンの舌が前後し、根元は膨らんだ淫玉を舐めてくる。

すぐに臨界点を迎えたベアトリクスは、腰を柳のように反らして快楽を示した。

「――っあぁあああっ！　んーっ、んぅぅうっ、あぁああっ！」

足に力を入れて逃げようとしても、しっかり下半身を抱えられていて叶わない。

大きく開いた口にアバドンの亀頭が当たり、彼女は唇をわななかせながらそれを咥《くわ》えた。

「んぅ……っ」

口に含んだモノをじゅうっ……と吸うと、アバドンが吐息を漏らしたのが分かった。

彼も気持ちいいのだと分かると、ベアトリクスは生来の負けん気で必死に吸い付いた。

それに合わせてアバドンがゆるゆると腰を動かし、妻の口内を犯してくる。

「んっ、んぅーっ！」

無防備だった後孔に彼の指が触れたかと思うと、やけにぬめったそれがクルクルと円を描くように刺激してくる。

弱点をすべて攻められて、ベアトリクスは全身の血が沸騰しそうなほど興奮していた。

無意識に腰をカクカクと上下させ、これ以上気持ちよくなるのは怖いと思っているの

に、本能では「もっと」と求めてしまう。

「んンーっ‼」

ついには、ほぐされた後孔も加えて三点攻めに陥落し、全身をガクガクと痙攣させて絶頂してしまった。

「はぁ……っ、あ……っ、はぁ……っ」

脱力したベアトリクスの口から、ぐぽ……と屹立が引き抜かれる。

アバドンは赤い目をギラギラと欲望に光らせ、淫らに達した妻を見下ろす。

「……すまん。今日は優しくしてやれない」

彼女が普段しない事を望んだからか、彼はいつもより興奮しているようだった。

それ以上に、半年以上ぶりに愛しい妻と愛し合える事が嬉しいのだろう。

彼はベアトリクスの太腿を開き、濡れそぼった場所に亀頭を押し当てる。

「待っ……」

まだ絶頂の余韻に浸っているベアトリクスが制止しようとしたが、彼はもう一度「すまん」と言って一気に貫いてきた。

「はぁぁうっ！」

ドチュンッと最奥まで突き上げられ、ベアトリクスはあまりの淫激に涙を零す。

たっぷりと濡らされ、ほぐされた場所は、すんなりとアバドンの一物を迎え入れた。

「あぁ……っ、トリス……っ」

陶酔した声を上げたアバドンは、すぐにグッチュグッチュと激しい水音を立てて腰を叩きつけてきた。

そのたびにベアトリクスの豊かな乳房が上下し、夫の目を楽しませる。

最奥を硬い亀頭で突き上げられるたびに、名状しがたい享楽がベアトリクスを支配し、彼女は大きく開いた口から嬌声を漏らした。

「あぁっ、アバドン……っ、んっ、んぅっ、んぁあぁっ、あぁーっ！」

両手で乳首をキュウッと摘まれ、ベアトリクスは腰を震わせて絶頂する。

そのあとも遠慮のない抽送は続き、肉芽をヌルヌルと転がされ、立て続けに二回達かされた。

「……っもう……っ、駄目……っ」

涙目になった彼女は、這いつくばってアバドンから逃げようとする。

一度ニュポンと屹立が抜けてしまうが、彼は魅惑的なお尻を前にしてさらに興奮したようだった。

引き締まった腰を両手で摑まれたと思うと、たっぷり濡れた場所にズチュンッと怒張が入り込む。

「っはぁあぁ……っ！」

ブルブルッと震えたベアトリクスの後孔を、いつの間にか出ていたアバドンの尻尾の先がつついた。

先端が男根のような形をしたそれは、ツンツンとベアトリクスの窄まった孔をつついたあと、慎重に潜り込んでくる。

「っゃぁああっ！　駄目えぇぇぇえっ！」

不浄の場所を犯されて、ブワッと全身に汗が浮かび上がる。

さらにアバドンは片手でベアトリクスの秘玉をヌルヌルと撫で、彼女は絶頂したまま戻れずにいる。

そのままジュボジュボと淫らな音を立てて太い一物で蜜洞を犯され、後孔まで蹂躙されて善がる。

全身を甘い雷に晒されたような状態に陥ったベアトリクスは、本能の声を上げた。

「っはぁああぁあっっ、あーっ‼」

頭の中は「気持ちいい」で支配され、まともな思考回路にならない。

耳に入るのはグチャグチャジュボジュボという凄まじい音と、アバドンと自分の荒い呼吸音のみ。

「駄目ぇ……っ、達く……っ、ぃ――――……っ」

粘ついた声で何度目になるか分からない絶頂を知らせたあと、ベアトリクスは思いきり膣を引き絞って絶頂を極めた。

「……っあぁ……っ、トリス……っ、もう、少しで……っ」

アバドンはうわずった声を上げ、バチュバチュと腰を叩きつけてくる。

そして低く呻いたあと、彼女の子宮口にぐぅっと亀頭を押しつけて胴震いした。

「ぁ……っ」

彼は震える息を吐きながらドプドプと吐精し、最後の一滴まで残さず注ごうと、二、三度腰を押しつけてきた。

「はぁ……っ、……あぁ……っ」

息も絶え絶えになったベアトリクスは、うつ伏せになったまま涙と涎を垂らして体を弛《し》緩《かん》させている。

「……愛してる、トリス」

最後に夫が耳元で囁いたのを聞いたあと、彼女はスゥッと意識を失った。

＊＊

その十か月後、ベアトリクスは元気な男児を出産した。

アバドンが憂慮していた事態にはならず、魔族になった彼女は、巨大な力を持つ赤ん坊を無事に産む事ができた。

「アバドン似ですね」

髪を緩く三つ編みにしたベアトリクスが、母乳を飲む赤ん坊を見て呟く。

「可愛いなぁ」

最近のアバドンは目尻が下がりっぱなしだ。

執務の時までニコニコしっぱなしなので、シェムハザが「気持ち悪いです」と言うほどだ。

赤ん坊は黒髪に青い目を持っている。

「不思議ですね。私の人間としての遺伝子はもうないですし、この外見だって以前の姿を記憶しているだけです。その気になればどんな姿にだってなれるのでしょう?」

「ああ。だが魔界は思いの力をそのまま反映する所だ。『自分はこういう姿だ』という強い思いがあれば、子供に受け継がれてもおかしくない」

アバドンは子供に指を握らせ、微笑みながら言う。

「あ……?　あっ!　いてぇっ!」

だが、赤ん坊と思えない力で握られたのか、指がおかしな方向に曲がった。

「…………」

ベアトリクスはそれを見て、顔を真っ青にさせている。

子供はアバドンをチラッと見たあと、またベアトリクスの乳房に顔を埋め、母乳を飲み始めた。

「……コイツ……」

「アバドン、余裕のない顔になっていますよ。子供相手に大人げない」

「だってトリス」

魔王らしからぬ言い訳をしようとする夫をみて、彼女はクスッと笑う。

「姫様や両親にもお知らせできるようになったら、対応をお願いしますよ？　あなた」

「ああ！」

愛しい妻にお願いをされ、幸せの絶頂にある魔王は嬉しそうな笑顔を見せた。

二人の間に金髪に赤い目を持つ女の子が生まれたのは、二年後の事だった。

あとがき

こんにちは。臣桜です。このたびは『堅物な聖騎士ですが、前世で一目惚れされた魔王にしつこく愛されています』をお読み頂き、ありがとうございます！

このお話は第三回ムーンドロップスコンテストで佳作を頂いた作品で、二〇二〇年にルキア様から電子書籍化して頂きました物の、改稿版となります。受賞作という事で、自分でも思い入れの強いお話です。

三年前の作品なのですが、とてもありがたいご縁で、今回ムーンドロップス様から紙書籍として出版して頂きました。このお話は、アバドンとベアトリクスのやり取りがとても気に入っています。最近ではあまり書く機会がないのですが、女騎士のヒロイン、大好きです。そしてヒーローが魔王だと、〝色んな事〟ができて嬉しいですね（笑）。

書籍化にあたり、三年前の文章を見て「おお……」となりました。直していくのが面白く、当時は詰めが甘かった設定や、キャラの感情の掘り下げなどもできて、満足いく改稿になったと思っています。

加えて書き下ろしの番外編もありますので、お楽しみ頂けたらと思います！

今回、イラストはまゆつば先生に描いて頂きました！　嬉しい〜！

ずっと一方的にまゆつば先生のファンでして、少し前に素晴らしい同人誌（R-18）を購入する機会がありました。全年齢向けでご活躍されているイラストレーター様は、基本的にTLはNGかな？　と思っていましたが、こんなに素晴らしいえちちを描かれるという事は……？　と思い、担当様にお願いしましたらば、ありがたくもご縁が繋がりまして。引き受けてくださって本当にありがとうございました！　憧れの方に描いて頂き光栄です！　皆様もどうぞ格好いいアバドンと、たわわでクールビューティーなベアトリクスをお楽しみください。

最後に、担当様に心からのお礼を申し上げます。まゆつば先生にも勿論、デザイナー様、関係者様、いつも応援してくださる読者様、支えてくれる家族、友人に、心からの感謝を。

もし宜しければ、本作のご感想をファンレターや、公式サイトのお問い合わせからお聞かせくださいませ。お待ちしております！

そしてなんと！　本作のコミカライズの話も進行中ですので、情報がでるのをお待ちくださいませ！

それでは、また次のお話でお目にかかれますように！

二〇二三年七月

猛暑に喘ぎながら　臣桜

ムーンドロップス作品
コミカライズ版！

〈ムーンドロップス〉の人気作品が漫画でも読めます！
お求めの際はお近くの書店または電子書店にて。

治療しなくちゃいけないのに、
皇帝陛下に心を乱されて♡

宮廷女医の甘美な治療で
皇帝陛下は奮い勃つ

三夏［漫画］／月乃ひかり［原作］

〈あらすじ〉
田舎の領地で診療所を開く女医のジュリアンナ。おまじないのキスでどんな病気も治すという彼女のもとにクラウスという公爵が訪れる。彼から、若き皇帝陛下・クラウヴェルトの“勃たない”男性器の治療をお願いされてしまった！　戸惑うジュリアンナに対し、皇帝陛下は男を興奮させるための手ほどきを…!?

孤立無援 OL が憧れの部長の花嫁に
ここは、私の願いが叶う世界

異世界で愛され姫になったら
現実が変わりはじめました。上・下

澤村鞠子［漫画］／兎山もなか［原作］

〈あらすじ〉
真面目で負けず嫌いな性格ゆえに、会社で孤立している黒江奈ノ花。そんな彼女の心の支えは、隣の部の部長・和久蓮司の存在。ある日、先輩社員の嫌がらせで残業になった奈ノ花は、癒しを求めて和久のコートを抱きしめている現場を本人に見られる！　その夜、恥ずかしさと後悔で泣きながら眠りに落ちると、なぜか裸の和久に迫られる夢を見てしまい…!?　夢の中で奈ノ花は、和久そっくりなノズワルド王国の次期王・グレンの婚約者になっていた！

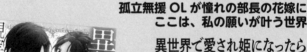

本書は、電子書籍レーベル「ルキア」より発売された電子書籍『前世で一目惚れされた魔王に、しつこく愛されています』を元に加筆・修正したものです。

★著者・イラストレーターへのファンレターやプレゼントにつきまして★
著者・イラストレーターへのファンレターやプレゼントは、下記の住所にお送りください。いただいたお手紙やプレゼントは、できるだけ早く著作者にお送りしておりますが、状況によって時間が掛かる場合があります。生ものや賞味期限の短い食べ物をご送付いただきますとお届けできない場合がございますので、何卒ご理解ください。
送り先
〒160-0004　東京都新宿区四谷3-2-1　フロントプレイス四谷２階
(株) パブリッシングリンク
ムーンドロップス 編集部
○○（著者・イラストレーターのお名前）様

堅物な聖騎士ですが、前世で一目惚れされた魔王にしつこく愛されています

２０２３年８月１７日　初版第一刷発行

著…………臣桜
画…………まゆつば
編集…………株式会社パブリッシングリンク
ブックデザイン…………しおざわりな
（ムシカゴグラフィクス）
本文ＤＴＰ…………ＩＤＲ

発行人…………後藤明信
発行…………株式会社竹書房
〒102-0075　東京都千代田区三番町８－１
三番町東急ビル６Ｆ
email：info@takeshobo.co.jp
http://www.takeshobo.co.jp
印刷・製本…………中央精版印刷株式会社